名古屋大学名誉教授
愛知淑徳大学教授
Akihisa Iguchi
井口昭久

〈老い〉という贈り物

ドクター井口の生活と意見

風媒社

〈老い〉という贈り物——ドクター井口の生活と意見◉目次

I　見つめ合えば愛が生まれるか……9

II　老人差別は老人にあり……45

III ただ年が多いだけ

Ⅳ　死の予感

IV 〈老い〉へのまなざし……151

I　見つめ合えば愛が生まれるか

見つめ合えば愛が生まれるか？

私は「見つめ合う」ことは「愛し合う」ことにつながるか、もしくは「そうありたい」ことを願う行為であると思春期の頃から思っていた。

女の子の目をじっと見つめて、心の中を見透かされるのは恥ずかしい。

おばあさんの目をじっと見つめて、愛の証の表現と思われても困る。

そういうわけで、今までは相手の目を直視するのは無意識のうちに避けていた。

最近、コロナによって事情が変わってきた。オンライン会議である。

会議の会場で向き合って座っているときに参加者の顔をじっと見つめることはないが、オンライン会議では個人の顔がパソコンの画面に映し出される。

それぞれの表情で画面を見ている。その顔をこちらからまじまじと見つめても相手にはわからない。舐めるように見回しても相手に気づかれることはない。

取調室で尋問されている犯人を隣の部屋から見ているようなものだ。

西行が伊勢神宮に参拝したおりに詠んだという「何事のおわしますをば知らねどもかたじけなさに涙こぼるる」という雰囲気は、オンライン会議ではわからない。

全体は各論の足し算ではないからだ。

もう一つ、人の顔の見方が変わったことがある。

マスクである。コロナ騒ぎによって日本人全員がマスクをするようになった。

マスクをしている人の表情は目を見るほかにうかがい知るすべがない。

だから人々はマスクをつけた人の目を凝視するようになった。相手の目を見るときは相手もこちらを見ている。見つめ合ってもなぜか恥ずかしくない。どうしてか？

私が思うに、「あなたの顔はマスクで隠れているので目を見るしかしょうがないのです」という言い訳があるからである。

コロナ騒ぎの中で人々は「見つめ合っても愛は生まれない」ということを知った。

そしてマスク越しでは「人間のかたじけなさはわからない」ことも学んだのである。

ノック

診察室は患者がいないときは私一人になる。

その日は暇であった。ドアをノックする人がいた。

戯れに「タカギさんどうぞ」と大きな声で言ってみた。

ドアを開けたのは事務の高木さんであった。私のいい加減の推測は当たっていたのだ。突然、名前を呼ばれたタカギさんは「どうして私だってわかったんですか？」とびっくりした。

「私はね、ノックの音で誰かわかるんよ。小さな音でツンツンと叩く人は事務の小室さんで、なぜるように優しくノックする人は高木さんよ」と真面目な顔をして言うと、

「本当ですか？」と高木さんが念を押した。

「嘘だよ。わかるわけないだろ」と言うと、高木さんは「お医者さんが言うと本当だ

と思うじゃない！」と憮然として言った。

新型コロナウイルスが流行っている。

感染した患者が私のクリニックの診察室のドアをいつノックしても不思議ではない。

テレビは朝から晩までこの話題でもちきりである。

この騒ぎを通じて日本国民は医者と風邪の関係の理解を深めた。患者は医者にさえ診てもらえばどんな病気でもたちどころに診断してもらえると思っていた。しかし、繰り返される報道によって新型コロナウイルスは初期であろうと中期であろうとPCR検査によってしか診断ができないことを知った。

それに発熱があっても二日間は家にいて医者に行くなとのお達しは、「医者へ行ってもしょうがない」ということにホカならない。新型コロナばかりではなく普通の風邪にも効く薬はありませんといっているのである。

医者の主観と経験は何の役にも立たず「黙って座ればピタリと当たる」という超能力を医者はもっていないことがばれてしまったのである。これからは「お医者さんが言うことは本当かどうか疑わしい」ということになるかもしれない。

「こんな私でも生きていていいのかしら？」

八十八歳の和子さんは高血圧で私の外来へ通院している。若い頃から歌の勉強を続けてきた。現在はアマチュアの合唱団に入って高齢者施設での慰問活動を生きがいにしているが、コロナの騒ぎが始まってから活動ができなくなってしまった。

十年前に夫を亡くして一人暮らしである。家にいると人との会話がない。一人でいると命について考えてばかりいるそうだ。

もう少し生きていたいと思っているが、この頃生きていることが肩身が狭いような気がしているのだという。

そして年齢ばかりが気になるのだそうだ。

新聞に目を通すと名前の後には年齢がついている。テレビのニュースでも画面に出る名前には年齢が付随している。

マスコミで人物を紹介するときには年齢をつけるのがこの国の習慣である。

だから日本人は人物の評価に年齢を物差しにする習慣がついてしまっている。年齢に応じたモデルをつくっている。

「五十五歳ならまだ働いているはずだ」「七十一歳ならもうリタイアしているのだろう」「八十歳になったら物忘れがあるのだろう」と言った具合に。

そんなことが日常的に繰り返されているので、和子さんのような豊かな感性は年齢の陰に隠れてしまう。

アメリカには雇用における年齢差別禁止法という法律がある。履歴書には年齢を載せないし、ホテルの宿泊名簿にも年齢を記載しない。新聞の記事に日常的に年齢が載ることはない。

毎日年齢を意識して生活している国は日本をおいてほかにない。

来る日も来る日もどんなタレントでもどんな政治家でもどんなスポーツ選手でも、それにどんな交通事故を起こした人でも、私たちは年齢を確認しながら人を見ている。

和子さんの「八十八歳である」というレッテルは、和子さんの今までの生き様を全部隠してしまう。

それが和子さんを追い詰めた伏線である。

彼女を追い詰めた第二の背景は、医療現場において老人が見捨てられるのではないかという恐れである。和子さんは、もしも自分が新型コロナになって入院したらどうなるのだろうと想像すると怖くなる。

テレビによると、ある年齢を超えた人には人工呼吸器を装着する権利を与えないというのが世界中の潮流であるらしい。

日本の医療の現場でも、医療崩壊が起これば真っ先に選別されるのは老人だろうと容易に推察できる。

和子さんは新型コロナで死にたくはないと思うので、「人工呼吸器をつけてください」と言いたいと思っている。しかし実際にはそんなことは言えないであろうとも思っている。

医者は、申し訳ないと悔恨の情を滲ませながら、生存可能な若者を生き延びさせるためにやむをえない措置だと自分を納得させて人工呼吸器を若者に使うだろう。

やむをえない、仕方がないと言いながら老人が切り捨てられていく。コロナが歴史に類をみないほど大変だといわれればそれもしょうがないかとも思う。病気になっても誰も助けてくれないのではないかと思うのである。だから和子さんは「こんな私でも生きていていいのかしら?」と思うことが多くなったのである。

懐かしき宴会

ある祝賀会に出席した。

前列中央に主賓が位置して偉い順に席を占めている。

自分の名前を探して席を見回している恰幅のいい初老の紳士が見えた。席に置かれた名札を確かめていた。

最前列に自分の名前を発見することができず、次第に序列を下げてきてようやく自分の名前を発見した。

そこは私の隣であった。

私の席は前から二列目の左端から二つ目にあった。

予想に反した低い位置づけに不満そうで、机の上に置かれていた座席表を改めて確かめた。そしてのけぞって座り直した。

私には初対面であったがどこかの大きな病院の院長であるらしかった。

私の隣が不満であったのだ。

「お前と同じかよ⁉」と口には出さなかったが、態度がそう言っていた。

挨拶が始まった。主賓の後は政治家だった。

民衆の前で「コンニチワ‼」と大きな声を出すのが政治家である。

その政治家も大きな声で「皆さんコンニチワ」と言ったが、会場の誰も「コンニチワ」と言わなかった。

出鼻をくじかれた政治家は背広のボタンを外したり留めたりしながら中身のない演説をした。

私は黙って座っていた不機嫌な隣人に挨拶を試みた。

話題がないときは天気の話をするのが平均的な日本人だ。「今日はいい天気ですね」と私が言うと「そうですね」と言った。それ以上会話が進まなくなったので苦肉の策で「明日もいい天気でしょうかね？」と水を向けても「さぁどうでしょうね」と乗り気のない返事をした。

私の隣に座ったのが不満だから無愛想であると私は思ったが、そうではなかった。彼は挨拶を頼まれていたのだった。

順番が来るまで気もそぞろで私との世間話に気が回らないのだった。挨拶の文章で彼の頭の中は堂々巡りの最中だったのだ。

彼に挨拶の時が来た。

壇上に上がると「突然のご指名でして何も考えていませんでしたのですが……」と言った。私は心の中で「嘘つけ！」と思った。

ネクタイをいじり、背広のボタンを外したり留めたりしながらありきたりの挨拶をした。

それから二、三人の招待者の挨拶があって乾杯となった。

乾杯の挨拶は長老がする。

ようやく飲めると思ってビールをついだコップを持って立っていると、「長い挨拶は嫌われますので……」と言っておきながら長い挨拶をした。

最近コロナのためにこのような懐かしの宴会がことごとく中止になった。

危機管理

二十五年前、義母が八十三歳の時にアラスカへ行った。私たち夫婦と子供二人で五人連れであった。長男が大学へ入ったばかりで、次男は高校生であった。

マッキンリー山脈の飛行機による観光があった。

マッキンリーの標高は六一九〇メートルであるが、カナダは緯度が高いのでヒマラヤの七〇〇〇メートル峰に匹敵する気圧であるとガイドブックにあった。

チケット売り場から小型飛行機が見えた。山脈を襲う風にあおられたら墜落しそうに見えた。

植村直己が遭難した山脈であることを思い出した。

私たちに緊張感が生まれた。

一瞬、後悔がよぎったがこの機会を逃したら一生チャンスはないと思われて「止める」という選択はできなかった。

チケットを買う段になって予期せぬ難題に出くわした。小型飛行機の搭乗には三人分のチケットしか残っていなかったのである。五人のうち三人だけしか乗れないことがわかった。

誰が乗る？

「私はどうせ先が短いから」と義母が言い出した。先が短いから死んでもいいと言っているのか、先が短いから今は死にたくないというのか意味不明であったが、その言葉によって全員が「死がすぐ近くにありそうな」気がした。

家族は顔を見合わせて考えた。最初の案は私と子供たち二人が乗るというものだった。順当そうに見える案に思えたが、祖母が異議を唱えた。男たちが死んでしまったら女だけが残される。「二人でどうやって生きていけというの」というのであった。それもそうだということになり、それでは妻と子供たちが乗って私と祖母が残るという案になった。それには私が反対だった。「俺とお婆ちゃんだけで生きていけっていうのかよ！」

祖母と子供たちが乗り私たち夫婦が残るという案には「子供のいない生活なんて考えられない」と妻が反対した。

次第に「その飛行機に乗った人は死んでしまう」という合意が全員に染み通っていった。

結局中止と決まった。

私は今では「あの時乗っておけばよかった」と後悔している。

壊れた体重計？

八年前に市役所を定年退職した宮下さんは六十八歳である。外見は土木作業員風であり、言葉遣いはやくざ風である。市役所での仕事は土木課であった。最近ではほとんど髪がなくなったが「パンチパーマにしろ」と言って床屋泣かせである。

定年後は大人しくなったが、久しぶりに看護師を困らせる出来事があった。

正月明けの外来で看護師が彼の体重を測定すると、予想より高めに出た。彼は大男で身長は一七六センチで体重は一〇〇キロを前後していたが、その日は一〇五キロであった。「そんなはずはない」と彼は納得しなかった。「俺は正月でも餅も食わずに体重減少に努めてきた。体重は減りこそすれ増えるなどということはあり得ない」と言って、「お前のってみろ!!」と看護師に迫った。

体重計が壊れているというのが彼の主張であった。

しかし看護師は、ほかの人の体重はいつも通りだったので体重計はおかしくないと言って拒否した。

看護師は太っていた。体重だけは他人に知られたくないと思っていた。

「ちょっとのってみるだけじゃねーか!! やってみろよ!!」

看護師にとって体重計にのるのは裸になるのと同じ程度に恥ずかしかった。

「お前に裸になれって言っているわけじゃないんだぞ!! 体重計が壊れていることを確かめるためにのってみろと言ってるんだ!」と執拗に看護師を責め立てたが、結局、看護師は体重計にのらなかった。のっていれば、看護師も「体重計が壊れている」という案に同意したであろうと推測された。

二人の諍いは私の所に持ち込まれてきた。「先生のってあげてください」と看護師が体重計を持って診察室へ来た。

私がのると六〇キロであった。私の身長は宮下さんと同じで一七六センチである。

最近体重を量ったことがなかったので体重計が正確かどうか不明であったが、六〇キロは宮下さんを納得させるに十分な低体重であった。

バツが悪くなった宮下さんは、「最近部屋のふすまがスーっと開くとおしっこがしたくなるんですよ」と言って頻尿に話題を変えた。

くしゃみ

くしゃみにより排出される呼気は四メートル先まで飛ぶことが実験でわかっているそうだ。

ごく普通の行為として誰もが経験あるもので、くしゃみが出たからといって病気ではない。

しかし、新型コロナが飛沫感染であることがわかって以来、くしゃみをするとカタミが狭い。

いつ・どこで出るか予想不可能であるが、くしゃみが止まらないという場合はアレルギー症状の可能性もある。

くしゃみの基本的な役割は鼻腔内の埃、異物を体外に排出する噴出機能である。

そのため、鼻腔に異物などが侵入すると反射的に起きる生理現象で、自分で抑制することが難しい。

くしゃみは快感が伴うのが普通である。

小便の放出もままならぬ老人にとってハクションは放出の数少ない機会である。快感は尾を引く。一発の快感は二発目の快感を求める。二発目は三発目のおまけを期待する。出そうで出ないむずむず感がたまらない。溜めて出す瞬間は悪意に満ちた社会への精いっぱいの反発である。

―以下は私の外来に通院している七十歳の主婦の愚痴である―

この頃主人のくしゃみが気になるんです。気持ちよさそうに大きな声で「ハクション!!」てわざわざ声を出すんです。隣の家にまで響いていると思うんですよ。

本人は気持ちよさそうなんです。それがしゃくに障るんです。せめて「申し訳ない、もう絶対にやりません」という気持ちになってほしいのに、鼻先をひくひくさせて、もう一回出そうとするんです。

この頃、コロナのために毎日一緒にいるせいか、ちょっとした仕草でも気になるんです。

ハ〜!
ハー!
ハ〜!

ハクションとアトサキ考えずにやって飛沫の飛んだ先に私がいるってことは眼中にないんです。

あの人は何でもそうだったんです。自分勝手な人なのです。

くしゃみはあの人の人間性そのもののような気がするんです。

子供と好きなときだけ遊んでおいて後はお前に任す。自分の母親のこともさんざん甘えておいて晩年はお前に任す。

何でもやりっぱなしで放りっぱなし。

もう一度くしゃみしたら今度は離婚!!って思ってます。

コロナ太り

新型コロナのために私のクリニックへ来るのを控えていて三カ月ぶりに来院した六十五歳の女性がいる。

「朝、主人が起きてくると思うと、憂鬱になるの。また今日一日食事をつくらなきゃならないのかって。せめてご飯食べたあと食器ぐらいは洗いなさいよって思うんだけど、それもしないのよ。自分でご飯つくれとは言わないけど、お昼ぐらいはどっかに行ってほしいわ」

診察室に入って最初に口をついて出た言葉が、六十七歳の夫に対する愚痴であった。

三カ月の間、夫と二人だけの生活を続けていたのだ。

「先生に会いたかったわ！」と言うのもお世辞ではなさそうだった。

夫以外の人との会話をするのが久しぶりであったのだ。

今回のコロナによる自粛で、多くの高齢女性が夫との二人だけの生活を余儀なくされた。夫の定年退職後、今までだって二人だけで暮らしていたのだが、今回は特別であった。

強制的に閉じ込められていたという思いがあったからである。

人は老いるにつれ、権威に弱くなる。

若い頃はリベラルな傾向があっても加齢に伴い保守的になり、権威主義的になっていく。年齢とともに判断力が低下することや知的好奇心が減退するからではないかと考えられている。

お上に言われることには素直に従うようになる。

だから、今回の新型コロナウイルスによる自粛要請にはほとんどの老人が応じたのであった。

強制されなくても都市封鎖が可能であったのは、日本が空前の高齢社会であったことも一因であると思われる。

「四十年も一緒に暮らしていたんだけどね、あんな人だったなんて思っていなかった

わ」と彼女は言う。しかし夫の性格が急に変わったのではない。

今日の高齢者心理学では、人は老年期を迎えたからといって権威主義的にはなっても性格は変わらないと考えられている。

じっくり観察する機会がなかっただけである。

「食べて寝てばっかりでしょ。コロナ太りよ。みっともないったらありゃしない」

コロナと社会

私の勤めているクリニックは耳鼻科を併設している。

私の外来の患者は少ないが、耳鼻科はいつもいっぱいで定時に終わらない。

看護師が「先生、扁桃腺の患者ですが耳鼻科がいっぱいなので内科で診てやってください」と、待ちくたびれてヒステリーが爆発しそうな患者を私のところへ連れて来ることがよくあった。待合室は子供から年寄りであふれていた。

しかし最近では、耳鼻科の患者で賑わうはずの月曜日でさえも待合室には数人しかいない。

日頃から患者の少ない私の外来は閑古鳥が鳴いている。

患者たちがコロナに感染する可能性がある場所に近寄らなくなったのだ。

週に一回私が診ている名古屋市近郊の病院でも患者数が減っている。月に一回大学病院の歯科に通っているが、そこでも患者数はいつもの三分の二であるという。

コロナの流行りだした頃は医療機関側もできるだけ医療施設に近寄らないように宣伝した。それでもやむにやまれぬ患者は少なからず存在すると思っていたのだが、よほどのことがない限り新しい患者が来院することはなくなった。

それは患者予備軍が「医者へ行かなくても大丈夫」という経験を積んだからではないかと思われる。一度学習した患者たちが再び外来へ戻ってきてくれるという保証はない。

病気を恐れるために病院へ行かなくなる。馬鹿げたパラドックスだ。

私は支払基金の幹事をしているのだが、そこの集計によると医療費は減少している。どうやっても減少させることができなかった国民の総医療費が減ってきたのである。医療崩壊が起こるほどにドタバタ騒ぎをしているのに医療費が抑制された。これもおかしなパラドックスだ。

コロナ以前の社会がいかにいびつなものであったかの証である。

お盆とコロナ

私が故郷である信州を離れて五十年になる。

私が幼かった頃の日本では死は自宅で迎えていた。

死は身近にあり何歳であっても死ぬ危険があった。

だから死者との交歓は自然なことであった。

お盆には死者が帰ってきた。

お盆は子供たちにとって一年の中で、もっとも待ち遠しい行事であった。

八月十三日の早朝にお墓へ行ってご先祖様を連れてきて、迎え火を焚いて家の中に招き入れた。

早起きして大人についてお墓へ行くのは、心躍る行事であった。

祭壇には子供たちが山から採ってきたヤマユリやナデシコなどが飾られていた。

青くて酸っぱい早生のリンゴや採れたてのブドウ、牛や馬を象ったナスやキュウリなどが祭壇を飾った。

真菰《まこも》が祭壇に敷かれていた。

真菰は近くのドブ川から取ってきた代物であったが、なぜかご先祖様の匂いがした。それはインドから中国を経て駒ヶ岳を越えてやってきたような匂いだった。

提灯を飾り、お線香を焚いてご先祖様に精いっぱいの款待をするのだ。

子供たちの周りにはおもちゃのピストルの硝煙の匂いが立ちこめておとぎの国だった。

お盆の最後の日には、家の玄関で送り火を焚いてご先祖様をお墓へ送っていった。

送り火を焚く夕闇では、迎え火を焚いた朝の露に満ちた清浄な空気は嘘のように消えていた。

お盆の終わりは明確な季節の切れ目であった。

お盆が過ぎた季節ほど寂しいことはなかった。

太陽は夏の盛りの活気を失いただ暑いだけとなり、蝉の声は空しくなり麦藁トンボがあてもなく飛んでいた。

目標を失ったカレンダーは時間の経つのが遅く、地球の回転は停止してしまったかに思えた。

時代が移るにつれて老人を自宅で看取ることはなくなり、死は日常から次第に遠ざかっていった。

死は老人に特有なものとなり、今では若くして人が死ぬことはない。

あの世とこの世が連続しなくなってきた。

それが今年の二月の終わり頃から様相が違った。

新型コロナによって死の恐怖が日本人の日常に舞い戻ってきた。

人々は何歳であってもいつでも死ぬ恐れがあるのではないかと思うようになった。

死が身近な時代に戻ったのだ。

今年はコロナのために帰省を自粛している人が多いという。

私も信州への帰省を自粛しようと思う。

もっとも私にはあの世の方が近いのだが。

衣替えとコロナ

衣替えをしようと思って洋服ダンスをみると、スーツとコートにビニールがかぶせてあった。昨年の春にクリーニング店から持ち帰ったままになっていたのだ。国立大学を定年になってから、スーツを着て出勤するという生活スタイルから卒業していた今日この頃である。

スーツを着るのは公的な会議の時だけになっていたのだが、昨年は多くの会議が中止になるかリモートの会議になった。リモートの会議ではセーターにノーネクタイで参加していたのでスーツを着る機会はなかった。遠出をしなかったためか、何故かコートは一度も着なかったらしい。

このような事情は私だけではなくて多くの日本人に当てはまるのではないかと思えた。

「新型コロナが流行ると人々は衣替えをしなくなる」という法則を思いついた。

大発見はふとした思いつきから生まれるものだ。

カッターシャツとズボンは老人の節度で毎週クリーニングに出していた。そのカッターシャツを携えてクリーニング屋へ出かけた。

私の発見した法則は誰にでも当てはまるはずであった。

「今年の衣替えは少ないんじゃない？」と、クリーニング屋の叔母さんにドキドキして聞いてみた。

特殊な事情が普遍化された時は大発見の予感がする。

叔母さんは言った。

「そうなんですよ、今年は暇なのよ。閑古鳥が鳴いてるわ」

私の予測は見事に当たった。

昔の研究生活時代が蘇った。研究生活は勘違いによる恍惚感とそれに続く失意の連続であった。

私の大発見のすべてが再現性がなかった。

しかし今回の発見はかなりの確率で確かだと思った。

次の週も私はカッターシャツを持って再びクリーニング屋へ出かけた。

叔母さんが「今週は忙しくて、大変なのよ。先週までが嘘のよう。衣替えの人がいっぱい来るんですよ」と言った。

前回は衣替えにするにはまだ時期が早かったようだった。

ただそれだけのことだった。

私の心の道路には昔ながらの狭い轍の跡がついていて、今でもそのとおりに動いているようだ。

II　老人差別は老人にあり

ただ年が多いだけ

パソコンを使い始めた頃は文章を書き直すたびに上書きをして「別名で保存」することはなかった。

文章は書き直せば必ず良くなると思っていたからである。あるときパソコンの文章が、書き直すたびに悪くなっていることがあると気がついた。

私の皮膚が再生されるたびに劣化しているように…。

私の大学では年に一回、集団で健康診断をやっている。健診業者が来て手際よく一〇〇〇人以上の教職員の検診をする。

私も毎年受けていたが、ある年の採血時に中年の看護師が私の皮膚を見て「ひどいね、こんな皮膚見たことないわ。ちょっと触れば出血しそう」と言った。私が医者であることを知らないから発した言葉ではあったが、相手が医者でなくても看護師が言う言葉ではなかった。

私は「患者はそうやって傷ついていく」ことを知ったが黙っていた。ひどいことを言う看護師がいるものだと、その年は特別であろうと思ってやり過ごしたが、次の年も同じような感想を別の看護師に言われた。

私の皮膚に若かりし頃のつややかさは残っていない。常に上書きされてきた皮膚があるときから劣化が始まっていたのだ。

今年は集団検診を受けるのは止めて、勤め先のクリニックで健康診断を受けた。優しい看護師が応対してくれて傷つくことはないだろうと思ったからだ。

視力は両眼ともに裸眼で〇・八であった。寝ながら毎晩テレビを見ているワリには悪くない。聴力も心電図も問題はなかった。胸部写真にはC－Vポートが映っていた。七年前に食道がんの化学療法のために植え込んだものが「別名で保存」されているのだ。

私は検査をしてくれた看護師たちを前にして自分で総括をした。

「目はいいし、耳もいいし」そして「顔もいいし」と言った。そこまでは全員顔を上げて「勝手になさいよ」と明るい顔をしていてくれていたが、「ただ年が多いだけだね」と言うと、「何と言って慰めたらいいかわからないわ」という顔になって全員下を向いてしまった。

老人差別は老人にあり

Yさんは糖尿病患者である。私の外来に来るときには卓球場からの帰りのようで、身軽な服装をした八十歳の女性である。

足元がきっちりとしまっているパンツとスポーツシューズを履いている。一週間に三回は市内の卓球場で過ごすらしい。

私は彼女から毎回卓球の話を聞いているうちに最近の高齢者の卓球事情に詳しくなってきた。

高齢者で卓球をする人が増えているそうだ。手先から指先までさまざまな体の部分を使うために反射神経が向上し、競争心が出て若返るという。加えて、勝負をするときに頭を使うので認知症の予防にも役立つそうだ。

Yさんは古い仲間たちとともに現在の卓球の発展に貢献してきたと自負している。

最近では老人同士の人間関係がややこしくなっているらしい。

「私は、四十年も卓球をやってるんだけどね、嫌になっちゃうわ」

「嫌になっちゃう」が口癖である。

彼女が一番気に食わないのは、新しく入ってきた人たちに年寄り扱いされることだという。若い頃は、年を取れば取るほど年の差なんか気にならなくなるだろうと思っていたが、それが逆で、年を取れば取るほど年の差が気になるんだそうだ。

「あの人は私より一歳年上だとか、年下だとかさ」

彼女は「お姉さん」といわれるのが一番嫌だという。

「私は好き嫌いが激しい方でね。中には〝ちょっとー!?〟っていう人もいるわけよ」

「私を指さして、〝小学校は一緒だったんだけどね、私より二つ年上でね、だからお姉さんなんだよね〟なんていうわけよ」

それでYさんは、その七十八歳の新人を仲間はずれにしようと思っているのだそうだ。Yさんは「卓球は人間関係だよ、先生!」と言って「嫌になっちゃう」を繰り返した。

鍵のない家——共助の新しいかたち？——

首相の菅さんが「目指す社会は自助、共助、公助」だとして、「そうしたことが大事だ」と言っている。

沢木さんは七十三歳である。若い頃から統合失調症で福祉の世話になってきた。最近では認知症も加わって、異常行動が目立つようになった。兄が面倒をみているが、一緒に住んではいない。ホームヘルパーの援助を受けて一人暮らしをしている。

お金を持たせると近所のコンビニへ行ってお菓子を買ってきてしまう。転倒はしょっちゅうで、そのたびに近所の誰かが助けてくれる。

兄は「困ったら誰かが助けてくれる」から今の環境でいいと言っている。

以下は私と沢木さんとの外来でのやりとりである。

——何時に起きるの？「八時頃」

——自分で目が覚めるの？「寝ているとヘルパーが起こしてくれる」

——寝ているときにヘルパーが来るの？「そうだよ」

——ヘルパーも家の鍵を持っているのかな？「持っていない」

——ヘルパーはどうやって家に入るの？

付き添っていた兄が言った。「家に鍵をかけていないんですよ」

共助の場がとみに痩せ細っている現代に一石を投ずるアイデアである。

私は昔の信州の田舎を思い出した。あの頃は家に鍵をかけるという習慣がなかった。玄関から入って座敷を横切って台所の傍の居間の戸を開けて「コンチワ」と言って隣のおばさんが入ってきた。隣人の家のことは何でも知っていた。人々は農閑期には座敷に寄り集まって噂話をしていた。風呂は回り持ちで一週間に一回程度当番の家の風呂に入っていた。他人の家に裸の大人がうろうろしていたものだ。

こういうことが、首相の言う「そうしたこと」かと一瞬思った。

家の鍵をなくしたら理想的な地域包括ケアの街が生まれるか？

しかし泥棒がいなかったわけではない。スイカや米を盗む泥棒があふれていた。家の中には金目の物は何もないことを誰でも知っていただけだった。
「やっぱり無理な話だわな」と私は思い直した。

奪われた暇

暇には予定通りの暇と予定にない暇がある。

予定にない暇を与えられると人は困惑するものだ。予定にない暇の代表が予約時間に到着しているのに待たされている時間である。

その日は珍しく私の外来は混んでいた。

私が早期胃がんの内視鏡手術のために一週間の休暇を取っていた。それに九月の連休が重なって二週間にわたって外来をやらなかった。日頃は閑古鳥が鳴く私の外来でも、週三回の外来を二週間続けて休むと休み明けの外来は混み合うことになった。

外来は予約制になっている。「井口先生の外来予約はいつもいっぱいで一年先も埋まっている」というのが理想だが、現実はがらがらで、予約など取らずに来てもすぐに診察できる。

しかしその日だけは違った。

いつものつもりで来院した安子さんは十時半の予約であったが十一時まで待っても
お呼びがかからなかった。

看護師が「安子さんが待ちきれないので帰るといっています」と言ってきた。

私のところへ来る患者たちは老人が多い。暇を持て余している。

だからといって予約時間が過ぎても辛抱よく待っていてくれるとは限らない。

医者は待っている患者たちのことを気にかけているものである。私の頭の中には少しでも予約時間を過ぎると怒り出す患者のリストがある。特別扱いをされないと気が済まない人や、ちょっとしたことで被害妄想的になる人である。

安子さんはそのリストにはいっていなかった。

彼女は高血圧はあっても薬を飲むほどではない。高コレステロール血症はあるが八十八歳である。どちらも緊急を要する疾患ではない。それに日頃から毎日やることがなくて暇でしょうがないと言っていた。だから「先生の顔を見に来るのよ」と言っている。

診察室

暇つぶしのために来院しているようなものだ、というのが私の彼女の対する理解であった。

彼女が待ちきれずに帰るというのは私の予想になかった。

私は慌てて彼女を診察室に招き入れた。マスク越しでも怒りに満ちているのはわかった。

「私は待たされるのが嫌いでね」とだけ言って黙ってしまった。

彼女は暇から暇を渡り歩いているのであった。

次の暇へ移る準備に忙しいのだった。

それは私ではないんですか？

九十三歳になる春日さんは糖尿病で私の外来に通院するようになって十三年になる。八十歳まで名古屋市内の開業医であった。

外科医院を廃業してからはゴルフ三昧の生活を送ってきた。

春日さんが八十五歳の時に「奥さんもゴルフをするの？」と私が聞いたことがあった。「妻は県大会で優勝したことがあるんですよ」と誇らしそうに答えた。

八十七歳の妻はゴルフの達人であったのだ。女子専門学校を卒業したエリート才女である。彼の開業医としての生活は彼女に支えられてきた。

春日さんは名古屋の大学の医学部を卒業したのだが、卒業すると伊那谷の病院へ強制的に赴任させられたそうである。

麦の畑や稲穂の田んぼばかりの田舎へ大学から派遣されたのだった。

二十歳代の後半の若い医者にとって、都会を離れた田舎の病院の生活は辛かったであろうと思われる。

ザザムシやイナゴの伊那谷での生活は美しい妻との生活だけが救いであったはずだ。白い巨塔に出てくるような教授が絶対的な権力を持っていた時代であった。

春日さんが伊那谷にいた頃、私は伊那谷で中学生であった。

昭和三十年代の中頃で、戦後は終わったといわれた頃であった。

都会の文化が石原裕次郎の映画とともに伊那谷にも流れてきていた。天竜川の橋のたもとには南田洋子の豊満な肉体を描いた映画の立て看板があった。

伊那市には本屋があった。私が太宰治や三好達治の本に出会ったのはその本屋であった。春日さんもその本屋へよく出かけたそうだった。

同じ本屋へ通っていたことを知ると、私は言い知れぬ懐かしさを覚えたものだった。なぜか吹雪の舞う天竜川が思い出された
春日さんは数年して大学へ戻り名古屋市内で開業をした。彼には子供はなかった。

時は移り九十歳を超えると認知症の症状が出現するようになり、外来には妻が付き

添ってくるようになった。

先週のことだった。妻が「夫が信州にいた頃に綺麗な人と付き合っていたと言うんですよ」と言った。「それは私ではなかったの?」と聞き返すと、「お前とは違う」と答えたそうだ。春日さんの認知症が重症になってきたのだ。

妻の寂しそうな横顔に青春の残像が浮かんで消えた。

「会わん方がいい」

私は二〇一九年九月に『誰も老人を経験していない』という本を出版した。

出版社が新聞に広告を出してくれた。

それを見た文化センターの女性から講演依頼のメールがきた。

「新聞で著書の広告を目にしました。タイトルに大変興味を惹かれ、私どもの教室でお話いただけたらと思ったしだいです」

ということだった。

そのメールから私は一抹の不安を感じた。

実際に読んでいないのではないか？

そこで私は「本の題と内容が一致しないことがあります。私の本を送ります。それでよければお受けします」と返信して、著書を謹呈した。

数日後に本は着いたというメールがきた。

思ったとおり彼女は本の中身は読んでいなかった。

その後連絡がないところをみると、私への講演依頼は思案中のようだ。

『誰も老人を経験していない』という表題から「この世の中には老人は存在しない」と受け止められた可能性があった。

実際の本は「自分は老人だとは思っていない人でも実際は老人である」という内容である。

彼女は失望したのではないかと思う。

誰しも老いることはできることなら先へ延ばしたいと願っている。

古代からルネサンスまでの歴史を調べて『老いの歴史』を著しているジョルジュ・ミノワによれば、人類の歴史が始まるとすぐに老人は若さを失ったことを嘆いたそうだ。

いつの時代も老いより若さが好まれていたのは明らかであったと述べている。社会にどのような進展が見られても、その土台となるのは基本的には身体的な逞しさで

あったという。

しかし最近の科学の進歩によって人間の脳は老いても進化することがわかってきた。

健全な肉体を持たなくても健全な精神は宿るのである。

だから老いることは恥ずべきことでも心配すべきことでもないのだが、外見の変化はどうしようもない。

私は紛れもなく「老人を経験した老人」である。

文化センターの女性に「私には会わん方がいい」とメールをしようか迷っている。

「愛している」と伝えて

毎年胃カメラをやっている。三年前から胃に気にかかる箇所があると主治医に言われていた。少しずつ増大していてそのうち本物のがんになるかもしれない。いっそのこと内視鏡で取ってしまおうということになった。

コロナ禍の大学病院へ入院した。期間は一週間であった。二時間の内視鏡手術が終わるとその後は何もすることがなかった。

綺麗な看護師が来てくれて体温と血圧を測ってくれた。この頃では医者がやらない胸部と腹部の聴診や触診もやってくれた。

院内放送でアナウンスがあった。

「入院中の患者様に申し上げます。当院では患者様の外泊およびご家族などの面会を禁止しております」

入り口では怖い守衛が見張っている。エレベーターの乗り口にも、病棟の入り口にも「面会禁止」の張り紙があった。コロナのために面会禁止である。

家族が面会に来ても会えないぞ、といっているのである。

家族からの差し入れは病棟の入り口まで持参すれば看護師が病室へ運んでくれるということのようだ。

入院して二日目に妻が着替えを持って病棟の入り口に来た。

看護師が「奥さんからです」と言って着替えを持って病室へ来た。「奥さんが古い下着を持って来てと言っています」と言うので、脱いであった下着の袋を看護師に渡しながら、「妻に愛していると伝えてください」と私が言った。

看護師が何とも微妙な表情になって部屋を出て行った。そしてわざわざ引き返して「伝えておきました」と言いに来た。

それが一回目の出来事だった。それから二日後に再度妻が下着を持って現れた。

今回は受付の事務の女の人が私の病室へ着替えを持って来た。使った下着の袋を渡したときに私の顔を見て、私の言葉を待っているようだった。

前回と同じ伝言が私の口から出るものだと思っていたようだ。どうやら妻の前回の訪問時に看護師に伝えた私の伝言を聞いていたようだった。

しかし今回、私は黙っていた。事務員は物足りなさそうな表情をして部屋を出て行った。

ノックアウト

コロナ騒動の中で久しぶりに講演をおこなった。三十分おきの換気のための休憩を挟み二時間の予定であった。演台の前に透明のビニールシートが垂れ下がっており、聴衆から見れば私は屏風の奥にいる卑弥呼のように見えたに違いない。

左端の最前部に意地の悪そうな女性が座っていた。演者の位置から眺めると、その女性だけがシートから外れた視野になっていた。一目見たときから不吉な予感がしたが、その女性は外見通りに意地悪であった。

私が気持ちよくしゃべっていると「ほんとう⁉」とつぶやく。タイミングが絶妙であった。私の自信がない箇所でさげすんだように「ホント！」と言う。

度重なる「ホントウー⁉」の声にどうやらこの人は本当に私の言うことが「本当か⁉」と思っているのではないかと思えてきた。

私もホントかどうかわからなくなった。私は次第に自信を失っていった。

主催者から指定された演題は「高齢者の人権問題」についてであった。私の知っている著名人にどのような演題であっても毎回同じスライドを使い、同じ内容の講演を繰り返して二十年過ごしている人がいるが、私も同類である。今回もいつものスライドに人権に関する話題を混在させることにより主催者を幻惑させようとした。

そのたくらみを見抜かれてしまったようだった。節目、節目で「本当⁉」とつぶやかれると、私はボディーブローを受けてふらふらになったボクサーのようになった。

最後の章になったときに女性が甲高い声を上げた。「センセイ‼　今どこをしゃべっているの⁉」聴衆に配っておいた資料のどの部分をしゃべっているかわからんというのである。私自身どこの部分をしゃべっているのかわからなくなっていた。意識朦朧のまま時間切れを迎えた。私は未練がましく講演を続けようとした。このままで終わっては後味が悪すぎると思ったからだ。

しかし司会者が「はい、それでは先生のお話はこれまでにしましょう」と強引に幕引きをしようとした。

ノックアウトされたボクサーが必死で立ち直ろうとするのをレフェリーが中止させようとするのに似ていた。意気消沈している私を置き去りにして聴衆は無言で去って行った。気がつくと意地悪な女性の姿はどこにもなかった。

ただ寂しいだけ

桑名の病院で患者を診るようになってから三十年が過ぎた。八十三歳の春日さんはその病院での最初からの患者である。糖尿病と高血圧であった。

私の家から病院まで伊勢湾岸道路で四十分である。湾岸道路は名古屋港を横切って走り、長島温泉を経由して桑名へ通じている。

全区間が高架のために横風の影響を受けやすく車が揺れる。

遠景に鈴鹿山脈が見える。そこを通るたびに私は伊那谷から見える中央アルプスと天竜川にかかる吹雪の橋を思い出す。

病院に近づくと待合室に春日さんが待っている予感がした。そして必ず春日さんは一番先の予約をとって待っていた。

彼は阿蘇山の麓の農家の長男で、大手の建設会社に就職してそこで知り合った妻と桑名に暮らすようになったのだが、十五年前に妻を亡くして一人暮らしである。妻は私と同じ信州の育ちであった。彼女も私が診ていた患者であった。

彼女に接すると桑の葉とお蚕さんの匂いがするような気がしたものだ。

彼は妻を誇りに思っていた。妻の思い出を共有できるのは春日さんと私だけであった。

彼は八十歳過ぎに物忘れがでるようになったが、日常生活をかろうじて送ることができる程度に自立していた。妻は雨が好きだった。雨が降ると妻と二人で見た阿蘇の紅葉を思い出すといっていた。

病院から紹介されたケアマネージャーを嫌がり、介護保険を利用することを拒否していた。

私が指示した朝夕の血圧は必ず測定し、忘れたことは一度もなかった。

春日さんは極端にコロナを恐れていた。私は彼を早急に診察してすぐに帰す心づもりをして病院へ着いた。

その日待合室に彼の姿がなく、私は不吉な予感がした。

診察室へ入ると看護師が言った。
「春日さんが亡くなったそうです。警察に発見されたそうです」
孤独死であった。
彼の妻を思い出す人は永遠にいなくなった。
阿蘇山の男と天竜川の女が鈴鹿山脈の麓で出会って暮らし、そして消えてしまった。
彼がいなくなっても世の中は何も変らない。
ただ、私が寂しいだけだ。

介護施設で嫌われるのは

私は国立大学に勤めていた頃は秘書がいた。

秘書の段取りに従って行動をしていた。

秘書は人間関係の交通整理をしてくれていた。

初対面の人に会うときは先方の情報を教えてくれて、こちらの立場も先方に説明してあった。

私は自分の立場を自分で説明する必要はなかった。

日程調整、書類の整理、面会予定など手際よく整理されていて私は秘書に従って動いていれば間違いはなかった。

私立大学へ移ってからは秘書のいない生活を送っている。

私は毎日七階にある研究室を出て一階にあるメールボックスまでいって郵便物を抱

えて戻ってくる。

ほとんどの郵便物は捨てるのだが、中には重要な案件も混じっている。毎日、一時間ほどかけて整理する。

私の今の仕事は以前は秘書がやっていた仕事である。

重要な案件はその場で片付ける習慣にしている。

「また後で」と、先延ばしにした案件は必ず忘れてしまうことを学習したからである。

スケジュール表に日程を載せて、必要な通知はすぐに連絡して、必ずその場で作業を終わらせている。

「人は忘れたことは思い出せない」のでそうしている。

昨日の午後、かつて勤務していた国立大学の口腔外科へ歯の治療を受けにいった。

診療の前に受付で保険証のチェックをしていた。

私はいつものように保険証を出した。

受付の若くて鼻筋の通った女性が「保険証の期限が切れています」と言った。

私は「どうして?」と聞くと、「七月三十一日が期限です。新しい保険証が届いていませんか？」と聞かれたので、「届いていない！」と私は憮然として言った。

私はきちんとチェックしている自信があるのでそう言ったのだ。

それでもその女性は「今月中にもう一回、来院しますか？」と聞いて「次回持ってくるように」と言った。

私は「今月中に来るかどうかなんてわからん」と不機嫌な顔をして言った。

女性は「それではお金を支払うときに受付と相談してください」と古い保険証を突き返して黙ってしまった。

私は腹が立った。

いくら昔であったとはいえ、ここに勤めていたことがある医者にその仕打ちはないだろうと声には出さなかったが、そう思った。

私は不機嫌な顔をしてその場を離れた。

女性も私の不機嫌さに納得できていない様子だった。

その場を離れて口腔外科の前で座っていたが、私の中から次第に怒りの感情が湧いてきた。

私はこの怒りを誰かにぶつけたくなった。
しかし、その前に念のためにもう一度保険証を確かめようと思った。
財布を調べてみると、新しい保険証が入っていた。
新しい保険証が届いたその日に財布の名刺入れの場所にしまっておいたのだった。
あまりにも手早く片付けていたのですっかり忘れていたのだ。
私は怒りを爆発させる寸前に踏みとどまった。
新しい保険証を持って先ほどの女性のところへ行った。
彼女は「良かったですね」と温かい顔をしていた。
先ほどの冷たい表情が嘘のようだった。
私は恥ずかしくなった。
医者は介護施設で嫌われる職業の一つであるという。
「そりゃ嫌われるわな」と、我ながら納得した。
医者以外でもう一つの嫌われる職業は大学教授であるという。
私は医者で大学教授だ。

最悪のシナリオ

大学からの帰宅途中に西に向かう上り坂があり、上り詰めた所に信号機がある。コロナ禍中の二月、その日は車で混んでいた。濃尾平野に沈みかけた太陽が真正面に見えた。坂の途中で停車するには少しの技術がいる。

信号が青になると、渋滞していた車の前方が揺らめくように前進を始めた。私はアクセルを踏んで少し前進した。

太陽光が直接網膜を襲い前方の視野が真っ赤な光の波に覆われてしまった。

その時に前の車が突然停車した。

わずかな衝撃を感じると衝突を知らせるフロントウインドウのサインが真っ赤になった。

微妙な技術の衰えは私の老化を反映していたのかも知れない。

私は車を右に寄せて衝突した車の左側の窓から覗くと黒の革ジャンを着てマスクをした四十代とおぼしき女性が運転手であった。窓越しに彼女と目があうと私は「済みませんでした」と声に出して言った。

そして、そのまま家へ帰った。

帰宅してから心配になった。

事故を起こしておきながら逃げたことに気がついたのだ。

人は弱気になると最悪のシナリオを思い浮かべるものだ。

追突された車の女性は私の車のナンバーを覚えていたに違いない。

不安に追い打ちをかけるようにしてパトカーの音が聞こえた。我が家に向かってくるようだ。

私は犯罪者として逮捕されるのだろうか？

明日の朝刊には「また老人の事故」と大々的に出るに違いない。

以上は仮定のお話である。

――以下は実際の話。

追突は事実であった。

前方の車は停車して私を待っていた。私は車を降りてドアをたたいた。

女性も車から出てきた。

「済みませんでした」と言えば済むであろうと思っていた私の思いに反して、彼女は「警察を呼びましょう」と言って私の返事も待たずに携帯電話から警察を呼んだ。

その後で私の住所を聞き、自分の住所と電話番号を書いた紙を手渡して、私に「保険会社へ電話をするように」と告げた。

彼女は何故か非常に手際がよかった。

警察官が来るまで二十分程度時間があった。

「寒いので車の中で待っていてもいいですよ」と女性は老人の私に気遣いを見せた。

夕日が落ちて風が出てきた。

二十分後に二人の若い警察官が来た。

私の車を見て「どこが当たったんです？」と聞いた。追突した証拠が見当たらないのだ。車の衝突回避機構が作動して寸前で止まったらしかった。

相手方の車は白の軽自動車であった。後部にうっすらと黒いシミが付着していたが私が手でこすると消えてしまった。

双方の車に損傷はなかった。

私は「何か罪を受けるんですか?」と若いお巡りさんに聞いた。

「対物で処理しておきますので二人で相談してください」と言って二人のポリスは引き上げて行った。

私は「ごめんなさい」と言えば済むことだと、理解して何度も「済みませんでした」と革ジャンの女性に謝った。

私は逃げずによかったとしみじみ思ったものだ。

向かいの太陽はすっかり消えて夕闇が迫っていた。

一週間後に保険会社から電話があった。「相手方から三十万円の修理代と代車代が請求されています」ということだった。

私は請求された修理費用と代車代を支払ったのだった。

III

ただ年が多いだけ

へんな先生

私は看護師です。これは「へんな先生」のお話です。

外来で、患者と先生がお話をしている間に看護師が加わり、そのうちに患者と看護師だけの会話になってしまい、先生は黙って電子カルテにその内容を書いています。そして看護師の言うことに驚いて「本当?」と言って看護師の顔を見つめます。看護師は「そうですよ」と言って、丁寧に患者に教えたことを先生にも教えています。先生は感心して聞いて「勉強になるね」って言います。

患者が長く診察室に留まるのは、先生の患者が少なくて、そのことを患者が知っているからであります。

「先生の住所を教えてください」という患者がいます。先生は「教えません」「なぜですか?」「教えるとあなたが私の家にお歳暮を贈ってくるからです」と答えます。

患者が診察室へお菓子を持って来ることがあります。患者が診察室から出て行くと、先生は看護師の前で神妙な顔をして言います。「長い間お世話になりました。これはつまらぬ物ですが、気持ちだけです」と。看護師は「それはさっき患者さんにもらったやつじゃん？」と言います。

先生は雑誌や新聞にエッセイを書いています。そのエッセイをまとめて本にしました。ちっとも売れないので先生は患者たちに配っています。

患者たちは先生に感想を言わなければいけないと思うのでちゃんと読んで来ます。さすがに「つまらなかった」と先生の前で言う患者はいませんが、「読んで来るのを忘れた」という患者がいます。

この頃そういう患者が続いたので、先生は「どうだった？」と本の感想を聞くのを止めました。

先生のカラダのことを聞く患者がいます。

先生は「ボクは大丈夫です」と言います。患者はそれを聞くとホッとして、「お大事にしてください」と言って診察室を出て行きます。

電子カルテ受難

二十一世紀に入ると全国の大学病院に電子カルテが導入された。デジタル製品に不慣れの教授には難行、苦行、試練の毎日であった。

ある教授に不倫疑惑が持ち上がった。どこへ行くにも美人の秘書を連れて行くからだった。不倫相手に疑われた秘書は「教授はコンピューターの〝起動〟もできないからいつも私が付いて行くのよ、それだけの話よ」と懸命に不倫疑惑を否定して回らなければならなかった。バイト先の市中病院でも、電子カルテを使うようになると、秘書を帯同するわけにもいかない教授は貧乏生活を余儀なくされる羽目に陥った。

私が大学病院を辞めて私立大学のクリニックへ勤めるようになってから十三年になる。秘書がいなかったので初めの頃は電子カルテに戸惑っていたが、さすがに十年を超えると問題なく扱えるようになった。新しく導入された操作手段を発見することもできるようになった。もっとも「その操作法は最初からありましたよ」と看護師に言われたが……。

ようやく機種に馴染んできたのに問題が発生した。電子カルテを違う会社のものに変えるというのだ。

自動車の運転はどこの会社のものでも同じである。車によってアクセルとブレーキの位置が反対であるということはない。しかし電子カルテはメーカーが違えば操作方法も違うし、操作画面がメーカーごとに異なる。それに機種を変えるには旧カルテから新カルテへの移行もしなければならない。

カルテ操作に夢中になっていると患者対応がおろそかになってしまう。だから私はカルテの操作は看護師の言うがままに従っている。「先生そこをクリックして」と言われればマウスを駆使して看護師の示す箇所をクリックする。「今度は左上のここをダブルクリックして」と言われれば、それに素直に従う。

そうやって一日中看護師に隷属している。

命令に従うのに夢中になっていると、「先生おしっこ行く?」と言われた。言われ

てみれば尿意がある。そんなことまでもわかるのか？　さすがに看護のプロだ。
私はすっかり看護師に看護されている気分になっている。

ナレですよナレ

この頃、軽減税率やポイント還元などと耳鳴りのように聞こえるようになってきた。買い物へ行くたびに「ポイントカードを持っていますか?」と聞かれる。そのたびに「持っていません」と答えていたが、この頃は「ポイントカードとはなんぞや?」と思うようになった。

ポイントカードとスマホと軽減税率は何らかの関係がありそうだ。ポイントカードと軽減税率とガラケーは関係なさそうだ。

私は世間の渦から外れてしまいそうである。

私は四年前にスマホを買ったついでにタブレットも買った。ガラケーも手放さなかった。

ガラケーからスマホに換えていく心づもりであった。

寄せる波の波長に合わせてスマホに乗り換えるつもりであったが、タイミングを合わせそこなってガラケーにつかまったままである。

私が今までにスマホを使ったのは家族が入れてくれたＬＩＮＥと画面に表示されるニュースを見るときだけである。

タブレットは部屋の隅で音がしているが触ったことがない。

スマホはガラケーが行方不明になったときに便利である。

スマホからガラケーに電話をするとガラケーから音がして居場所がわかる。

最近になってスマホを紛失した。ガラケーからスマホに電話をしたが応答がなかった。

昼食の和食屋でスマホのニュースを見ていたことを思い出した。

私は和食屋へ出かけて聞いた。

「ありません！」というのでカウンターの後ろ側の棚の辺りをのぞき込んで「ここにないの？」というような顔をした。

店のおばさんは「スマホが忘れられているときは必ず届けられるけどね」と、あまり気の毒そうな顔はしなかった。

和食屋に決まっていると確信していた私は彼女への不信感を拭えなかった。

それから一カ月後にスマホがカバンの底から出てきた。ガラケーに応答しなかったのはスマホが壊れていたからだった。

一カ月の間スマホと無縁の生活を送っていたわけだが、もっとも無縁と言ってもそれまでもさほど縁があったわけではなかったが、私には何の不都合も生まれなかった。

スマホの紛失が私のQOLにまったく影響を及ぼさなかったのである。

そのことが私の不安を呼び覚ました。

国民全員がスマホに誘導されてどっかの方向へ向かって歩いている時代に、私は置いてきぼりにされてしまった。そのことに気がついたのだ。

私は絶海の孤島に置き去りにされているようなものかもしれない。

それに、噂によるとそのうちにガラケーは使えなくなるというではないか。

私は不安に震えるようになった。

ガラケーを使えなくなったら、私が迷子になっても誰にも知らせることができなくなる。

私は度々意を決するのだが、今回も意を決してスマホに乗り換えようと思った。

壊れたスマホを持ってNTTドコモのショップへ行った。

病院の初診のように緊張した。

店に入ると相手にしてくれたのは少し太った人の良さそうな中国人の色白の若い女性であった。

壊れて腹部の腫脹したスマホを器用な手つきで触ると、私が使いもしないスマホとタブレットのために毎月一万五千円も払っていたことを教えてくれた。

上手な日本語であった。

太った体に似合わない白い指ですいすいと手際よく難題を解いていった。

私は壊れたのはスマホであって、自分が病気でここへ来たのではないことを理解すると気楽になった。

「よくそんなことができるね」と私が感心すると、「ナレですよ」と彼女が言って「ナレですよナレ」と繰り返した。

順当な評価

六十三歳の木工芸術家であるYさんは二十年来の糖尿病患者である。

八年前から沖縄で毎年十二月におこなわれるNAHAマラソンに出場している。夏になると大会に備えて体をつくる。

昨年まではマラソンから帰って来ると糖尿病は改善していた。

今年も参加したが「結果は最悪」だったそうである。

前回受診時の九月の時点でのヘモグロビンA1cは七・五パーセントであった。

今回は「だめだったので改善は見込めないどころか、悪化しているだろう」というのがYさんの予測であった。

糖尿病は血糖の高くなる病気である。血糖とは血液中の糖のことで、健康な成人では大さじ二杯ぐらいの糖が体全体の血液の中に存在するのだが、糖尿病になるとそれ以上の糖が全身を回っている。

私が大学を卒業した頃はまだ血糖値は測定することができない時代で、尿の中の糖分の量が糖尿病の重症度の判定に使われていた。

一九七〇年代になると血糖値が直接測定されるようになった。

医者が外来で血糖値を測ることによって患者の糖尿病の状態がわかるようになった。

血糖値は食事をすれば高くなり、空腹になると低くなる。

患者たちは医者に受診する前の数日間は食事制限をしてきて、帰ったら好きなだけ甘いものを食べるようになった。

その患者と医者の騙し合いのバトルに決着をつけたのがヘモグロビンA1cであった。

ヘモグロビンA1cを測定すると過去一〜二カ月の血糖値の平均がわかるようになったのだ。

この嘘発見器が開発されたのは一九八〇年代の初めである。

Yさんはマラソン大会で毎回完走していたが、年を経るごとに完走時間は長くなってきているという。

最初は五時間で走ったが、最近では六時間に近づいてきた。

「二時間で走る人に比べて三倍も体力が要る」と本人は言うが、それよりも心配なことはマラソンの制限時間であった。

制限時間内に関門を通過しない場合は競技を中止しなければならない。

制限時間は六時間十五分である。

マラソン当日、沿道にはステーキを提供している人がいたり、走者の中には腰の曲がったおばあさんもいた。

Yさんは「あのおばあさんにだけには負けたくない」と思ったそうだ。

Yさんのスタートの位置は、受付の締め切り間際に申し込んだので出場者数二万五千人の最後尾になってしまった。

スタートの号砲が鳴ってからスタート地点に行くまでに二十分もかかった。

最後尾からは交通規制が解除されていく。

Yさんは交通規制解除が次第に迫ってくる手前を走ることになった。

すぐ後ろから迫ってくる後始末班に追い立てられるように走ったのだったが、ついに追いつかれてしまった。

第一関門は二一・三キロ地点のはずであるが、それよりもずっと手前の五キロのところで警察官に促されて歩道へのリタイアであった。

腰の曲がったおばあさんは遙か前方を走っていた。

「出発が二十分遅れたのが響いた」と彼は言うが、いずれそうなる運命であったと私は思う。

六時間も走ると食欲がなくなるのだが、五キロだけではステーキも食べられたしビールも旨かったそうだ。

というわけで今回は、「糖尿病の改善は見込み薄」だとYさんは思ったのだ。

しかし予測は外れてヘモグロビンA1cは六・七パーセントであった。

七・五パーセントから著明に改善していた。

マラソンは失敗に終わったが、夏から秋にかけてのYさんの準備のための運動は彼の体の中で順当な評価を受けていたのである。

ヘモグロビンA1cは嘘をつかない。

ゆりかごから墓場まで

私は毎週火曜日にスーパーで買い物をする。

その時に洗濯物をクリーニング屋へ持っていく。

一月二十八日の火曜日は冬にしては暖かい日で、みぞれのような雨が降っていた。

スーパーの南西の角にクリーニング屋がある。

そこは暖房もクーラーもないので冬は寒くて夏は暑い。野球のシーズンになると「燃えよドラゴンズ」の歌が流れ続けている。

最近は初老の女性が受付をやっている。年はとっているが新人である。

「一枚、二枚、三枚……六枚」と、カウンターで私の出したワイシャツを数えて右端にあるレジに向かった。

レジに打ち込む前に考え込んでしまった。

しばらくおいて私に向かって「六枚って？　いったよね？　ワタシ」と言った。

「うん、そういった」と私が答えた。

老人は清潔でなければならないのでワイシャツは外出のたびに替える。

だからクリーニングに出すワイシャツの数は前の週の外出の日数と同じである。

いつもは「やっといてね」と告げて洗濯物の入った袋を預けて買い物をした。その間に先週預けておいた洗濯済みの衣類を袋にいれておいてもらう。

帰りがけに持って帰る、というのが今までの習慣であった。

しかしその女性は「そのままそこで待っていて」と言った。

一連の作業の間、カウンターの前で待てということだった。

「預けたまま忘れて帰ってしまう人がいる」からだそうだ。

私はしぶしぶ彼女の物忘れに付き合った。

いつもはクリーニング屋は最後に立ち寄る場所であったので、右回りに買い物をしていた。

その日はその必要はなくなったので、いつもとは逆の順で買い物を始めた。

つまり左回りに買い始めたのである。

入り口から順に野菜があり、漬物があった。

私の頭がスムーズに作動しなかった。

はじめに野菜を買う習慣がなかったからである。

川下から上流に向かって泳いでいるような気分になった。

その日の夕食を何にするかは素材を眺めて決める習慣がついていた。

肉にするか魚にするかを決めてから野菜を買うのが私のいつもの習慣であった。

最初から野菜を買うのは下りのエスカレーターを上っているようなものである。

私は思い直していつものように右回りに買うことにした。

私の頭は巻かれたバネが解きほぐれるように緩やかに回転を始めた。

入り口から順にお菓子があって牛乳があって、ハムがあって、パン、肉類、魚、惣菜となって最後が野菜である。

牛肉を眺めているうちにすき焼きにしようと決めて、牛肉を買って最後に白菜を買った。

私たちの記憶も逆方向に記憶装置を回すと上手く回らない。

記憶はいったんは過去のどこかの時点に戻り、そこから現在に向かってきて未来を向いている。

墓場—葬式—定年—結婚という順よりは、結婚—定年—葬式—墓場の順で思い出した方が無理がない。

老衰死について

現在の日本人の死因の一位は「がん」であることは誰でも知っています。二位は「心臓疾患」であることも知っていると思います。それでは三位は？　と問われてすぐに「老衰」と答えられる人は少ないでしょう。

そうなんです。厚生労働省の統計によると、二〇〇〇年代に入ってから男女ともに「老衰」が増加し、二〇一八年にはそれまで死因の三位だった「脳血管疾患」や「肺炎」から「老衰」になりました。

歴史的にみると一九五〇年代までの日本では老衰は現在と同じ三位に位置していました。一九五〇年代以降、老衰死亡率は著明に低下して死因の五位以内に入らなくなりました。

医療・診断技術などが一段と向上し、高齢者の死因について安易な老衰の臨床診断を下すことが避けられるようになったことによると思われます。

私が学生の頃は死亡診断書の死因に老衰と書くことはありませんでした。「人がなんの病気もなしに純粋な老化だけで死ぬなんて馬鹿も休み休み言ってほしい」と医者が考えていました。

西洋の医学界でも直接的な死因が必ずあり、死因を特定することが至上命令であると信じていたのです。

その証拠に世界の医者たちは取り憑かれたような細かさで死因を分類しています。世界保健機関（WHO）が発行する「疾病及び関連保健問題の国際統計分類」は死因や疾病の国際的な統計基準として公表している分類です。

一八九三年の国際統計会議において統計の原型が発表されたときには一六一個の分類の見出しがあったのですが、現在ではそれが一万五千個を超えています。

ところがそのような流れに逆行するように最近再び死因の状況に変化が出現しているのです。

理由はいくつか考えられます。

まずはじめに、平均寿命が延びて死亡者全体のうち高齢者が占める割合が増えているためではないかと考えられます。

次に高齢者の死因は明確な傷病名をもって診断し難いため、「死因は究明すれば必ずあるはずであるが、とりあえず便宜上、老衰としておこう」としたと考えられます。

さらには医療現場が「老衰死」という様態を自然死として受け入れるようになったからとも思われます。無理して治療するよりも自然な死を受け入れようと考える人が増えてきたとも言えます。

世界で最も早く超高齢社会になっている我が国において、老衰が増えるのは極めて自然だと思われます。

将来、老衰が死因の一位になる可能性もあります。

我々老年科医の究極の目的は、老衰が純粋に老化の果ての死の原因になることであります。

仲のいい夫婦

Dさんは八十八歳の男性である。六十歳の頃から私の外来に通院している。薬をキチンと飲んでいて、「今回は三錠余っていますので、それだけ減らしてください」などと几帳面である。

現役の頃は営業マンで猛烈サラリーマンであった。

頑固な性格で亭主関白であった。

最近は妻との関係が微妙になっているらしい。

「目は見えるし、耳も聞こえるし何も問題ないね」と私が言うと、「悪いのは顔と頭だけですね」と彼が答えた。

「顔と頭も昔から変わっとらんよ、この分だと百歳まで生きそうだね」

「それがですね、家内が反対してるんですよ」「どうして?」「妻のカラオケ仲間は八人いるそうだが、七人は亭主がいなくて亭主がいるのは私のところだけだそうなんですよ」

「――――」

「それでね、早く死んでくれっていうんですよ」

「奥さんはいくつ？」「私より六つ年下」「八十二歳か――」

「八十五歳になったら私の面倒はみれないというんですよ」

「子供は？」

「二人ですけどね、子供に迷惑を掛けたくないって」

「家内だけだって言うんですよ。カラオケやってて、早く家へ帰って晩ご飯つくらなければならないと思うのは。家内は出かけてばかりいて、家にはいないんですがね」

私はこの話を聞いて、彼が現役で働いている頃のことを思い出した。妻が慢性関節リューマチの疑いで私の診察を受けたときのことだった。

「先生、家内はいつまで持つんですか？　死ぬなら早く死んでもらわんと。私が年をとってしまったら後添いがもらえなくなる」

その時の仕返しを受けているようにも思えるが、今の彼は覚えていない。

「家内が元気のうちでないと葬式もできなくなるっていうんですよ」

最近は新型コロナのために妻がカラオケへ行けなくなってしまったそうだ。

「うちへ帰っても何もやることはねーし。あー早く死にてー。生きてたってしょうがねーもんなー」

とつぶやいて診察室を出て言った。

話の内容に比べて表情は明るかった。

久しぶりに妻が家で待っていてくれているので嬉しいのであった。

妻の仕返し

Hさんは六十五歳である。

健康診断で空腹時血糖値が高いと言われた。私のクリニックで「七五グラムブドウ糖負荷試験」をやってみると、境界型糖尿病であることがわかった。

「糖尿病ですか⁉」と引きつった顔になった。「心配しなくても大丈夫ですよ。まだ予備軍ですから」と伝えても怯えていた。「足を切断するんですか？」「すぐにはそういうことにはならない」と説明すると、「いずれはそうなるんですか⁉」「気をつければそういうことにはならない」と説得しても硬い表情は変わらなかった。

Hさんが帰宅して妻に告げると、妻は健康に関するテレビ番組を全部見るようになった。趣味の集まりである仲間からの情報や、新聞広告、インターネットの情報なども漁るようになった。

そして彼女のネットワーク網に引っかかるすべての情報がHさんに降りかかるようになった。

糖尿病はたちまち軽快して三カ月で正常値になった。

私は「検査は半年に一度でいい」とHさんに伝えたのだが、「女房にしつこく迫られて」二カ月ごとに来院するようになった。

平凡であった妻の人生の「初めての生きがい」になってしまったようだった。

酢やトマトを食べさせられているうちはHさんも了解可能であったが、生きがいが次第にエスカレートしていくと怖さを覚えるようにさえなった。

この頃では「白いご飯を食べたことがない」し、Amazonで手に入れた「あやしい黒い液体」を飲まされたりするようになった。

妻から「積年の仕返しをされている」ような気分になる今日この頃である。

妻が彼に課した運動療法は毎日一万歩である。「センセイ、えらいぜ、この暑いのに一万歩は」と嘆く。

妻のチェックは厳しい。

彼は薬局で一番感受性の高い万歩計を買ってきた。そしていすに座っても腰を振るようになった。

患者が医者に来なくなる理由

春は転勤や卒業によるお別れの季節である。医者は別れの多い職業である。長年付き合ってきた患者と別れるのは寂しい。患者たちは私の書いた紹介状を持って新天地へ旅立っていく。患者が寂しそうな顔になると思わず涙ぐんでしまう。紹介状を持たせて転院させた場合はその顛末を追跡できる。

しかし、規則正しく通ってきていた患者がある時を境に何の前触れもなく顔を見せなくなることがある。

私の外来に、秋になると枝になっている自宅の庭の柿を持ってきてくれた山本さんは社交的な人だった。

地域に知人が多く、私に対する世間の噂を伝えてくれる人だった。多くは好意的な評判を教えてくれたが、十回に一回ぐらいは悪い評判も混じっていた。

例えば「S先生は井口先生のことを、あんな気難しい人を見たことがないって言ってましたよ」という具合に。

その山本さんが最近顔を見せなくなった。

定期的に通院していた患者が何の連絡もなしに来院しなくなる理由の一つは死亡である。

一人暮らしの老人が亡くなった場合、通院していたクリニックへそのことを通知する人はいない。家族がいても通院していた診療所を家族が知らないこともある。

患者がさよならも言わずに来なくなるもう一つの理由は、患者が黙って医者を変えた場合である。

予約患者が来なくなる事態が数例続くと医者は心配になる。

この頃の都会の郊外には開業医が溢れている。患者の奪いあいが始まっている。

患者が来なくなると医者は「何か悪い噂でも広がったのではないか」と疑心暗鬼に陥る。

山本さんの場合、来院しなくなって半年過ぎた。

電話をして確かめればいいようなものだったが、何らかの事情で私との関係を絶ちたいと思っている可能性もあった。

医者も商売の一つである。「何故うちの商品を買いに来ないのですか?」とお客さんに問うには勇気がいる。

思い切って山本さんに電話をしてみたが留守番電話であった。その後一カ月経つが彼女からの連絡はない。

Ⅳ　死の予感

終活

降り続いていた六月の雨が止んで沿道のポプラ並木に太陽の光が降り注いでいた。夏の前に私の体力は萎えて、化学療法の影響で私の心は重かった。妻の車の運転席の脇に座って通い慣れた道を大学の研究室へ向かった。

通勤途上で毎朝新聞を買っていたコンビニに立ち寄る気分にはならなかった。沿道の焼き肉屋を見るのもこれが最後かなと思っていた。

国立大学を定年になって勤め始めた私立大学での生活が六年を過ぎていた。

学生への講義とクリニックでの診察が私に課せられた義務であった。十代の学生たちとの付き合いは戸惑ってはいたが、新鮮なエピソードの繰り返しに満足していた。「おじいさん先生」と渾名をつけられたときは頭にきたが、幸い学生との間に大きなトラブルもなく平穏な日々であった。

学生たちと一緒に行った大学近くの食堂で飲み込んだ蕎麦をすべて吐き出してしまったのは五月の初めであった。駆け込んだ大学病院でつけられた診断は、末期の食道がんであった。私の命は風前の灯で、職場へ復帰できる可能性はなかった。

妻は私を入院中の病院から連れ出して研究室の後始末の算段に来たのだった。妻の私の研究室への訪問は最初で最後になるはずであった。終活に来たのであった。入院中にたまっていた書類の山を前にして余命いくばくもない身にとって整理整頓は無意味に思えた。本棚の書籍は一括して古本屋へいく運命であった。

日曜日の午後で研究棟には教官の姿はなかった。偶然出会った女性の先生との挨拶も、通り一遍の挨拶の中に私にしては「お別れ」の意味が込めてあった。見慣れた大学の構内も見納めとなるはずであった。

あれから八年が経った今も私は生きている。

私は狭い間隙を縫うような幸運に恵まれて生き残った。

梅雨の切れ目の暑い朝にポプラ並木の坂道を車で通るときには、あのときの妻の心細そうな横顔が蘇ってくる。

CVポート

大学病院の中央診療棟の地下一階の奥に放射線治療室がある。私が放射線治療を受けるために毎日通った場所である。

治療室の前に待合室がある。そこに正確な名称は忘れたが「放射線友の会」の会誌が置いてあった。放射線治療により、がんから生還した人たちの体験談が載っていた。

私は末期の食道がんと診断され、外科手術が不能であるので念のために放射線治療を受けて「万が一、がんが縮小したら手術を考えましょう」と主治医に言われていた。

視野の先に落下する滝の存在を常に意識していた我が身にとって、うらやましき一群の人たちの存在を知らされた雑誌であった。

私とは別の世界で生きている人たちのお話であった。

二〇一三年の五月であった。

私のがんはやがて食道を閉塞して食物が喉を通過しなくなると予測されていた。医者の誰もが「そのうち食物が喉を通らなくなる」と思っていた。私の同僚の教授は、喉に違和感があってから水も喉を通過しなくなるまで一年ももたなかった。彼は静脈から栄養剤を注入しながら半年ほど生き延びて死んでしまった。私の食道がん発見より一年前のことであった。

私もいずれそうなるであろうと思ってその日のために鎖骨下の静脈にCVポートをつくった。

CVポートとは体外から薬剤を投与するために皮膚の下に埋め込んだ一〇〇円玉ほどの器具である。この器具があれば毎回血管に注射針を刺さなくてもその器具めがけて皮膚の上から注射針を刺せばそこから血管に薬剤が導入される。

放射線科医が二人で手際よくつくってくれた。

それからは私の胸の右の上部には触れば固い塊がいつも触れた。胸部写真を撮れば必ず映っていた。

その年に東京オリンピックの開催が決まった。入院中のテレビでは連日オリンピック開催に向けての放映が繰り返されていた。

私はオリンピックまで生きてはいないことは確実だと思っていた。

私がいなくても世界は変わりなく動く。

私の存在しない社会が何事もなく展開していく。

そういうことかと納得しながら仲間はずれの悲哀を味わっていた。

しかし大方の予想に反して私のがんは半年後に消えた。

その後半年ごとにCTをとり一年ごとに胃カメラをやってきた。

検査の日が近づくと憂鬱になる。そしていずれCVポートのご厄介になるだろうと思っていた。

半年ごとの延命が毎年延び延びになって七年経った。

今年で八年目に入っても私は生きている。

その間、私のCVポートは使わずに過ぎてきた。

今年の九月になって、もう不要だろうということで摘出することになった。

装着した時と同じ放射線治療室で二人の医師によって摘出してもらった。
CVポートは私のお守りであった。
それがなくなった。
そして見ることはないと思っていたオリンピックが延期になるのを確かめている。

萩乃茶屋

大学病院の隣に公園があり、その片隅に萩乃茶屋という食堂がある。常緑樹の陰にひっそりとたたずんでいる。四季折々の自然と小鳥のさえずりに囲まれている。私がその大学病院へ勤めていた頃は医学生を連れて昼食を食べたものだ。学生を連れて行くと、若かった女将さんが奥座敷を開放して座布団を出してくれた。女将さんが忙しいときには学生たちが自分たちで押し入れから出して座布団を敷いた。新緑の頃には座敷の畳に光が差し込み、とても学生なんぞが近寄れない場所めいていた。

早朝のラジオ体操を病院の最上階から目撃したのは大学を定年でやめて五年経った時だった。夏の早朝には公園の広場にラジオ体操をする善男善女が集まってくる。私は末期の食道がんで入院していた。死期の迫っていた私には桜の木の下で体を動かす人々がうらやましかった。

病室の私は食事に耐えがたい恐怖心を抱いていた。化学療法による食欲不振が私を襲っていたのだ。平時における食欲不振とはまったく性質が異なっていた。

食物が「食べるもの」ではなくて部屋に置いてある調度品と同じレベルのものになるのである。

私は病室を抜け出して萩乃茶屋へ行ってチャーハンを食べた。女将さんのつくった味の濃い昔ながらのチャーハンだけは喉を通過することができたのだ。優しい女将さんと主人は息をのむようにして衰えていく私を眺めていた。

あれから八年経つが、私は放射線と化学療法のおかげで生き残った。

先日久しぶりに萩乃茶屋へ寄った。

三月の公園の片隅に思ったより年老いた女将さんと主人がいた。従業員の姿はなく二人ともやつれていた。

例年だと賑わうはずの昼食時だというのに私一人だけが客であった。

コロナ禍で人が来ないのだ。それに面会禁止のために病院への見舞客もない。

萩の木
甘酒

椅子もテーブルも昔のままの萩乃茶屋は破産寸前に見えた。
「先生、元気だった」と言ってお女将さんが、チャーハンを出してくれた。
人影のない公園で、もうすぐ桜が咲きそうであった。

大学病院の桜

四月の初めに大学病院の歯科を受診した。

病院に隣接している公園では桜が満開であった。

一階のエントランスを入ると広い待合室がある。診察を終えた患者たちが精算のために長い列をつくっていた。

初診患者の受付の前には初めての病院で戸惑っている患者や不安な表情をして付き添っている家族がいた。広い空間には耳鳴りのような騒がしさが大きくなったり小さくなったりしていた。時折マイクから聞こえてくる甲高い声以外の言葉は判別不可能な雑音であった。

自動の機械に診療券を差し込んで受付を済ますと、隣で保険証をチェックするデスクがあった。私の前に二人の患者が順番を待っていた。

受付の女性の声に反応した八十歳代と思われる女性の声がした。患者との間に何かのトラブルが生じたようだった。渦のような気配が漂った。

高齢女性の患者は受付の事務員に言われていることが理解できない様子であった。初めての患者にこの広大な病院の仕組みを説明するのは困難なことだ。患者に難渋していると思った私は事務の女性に同情した。

患者はうろたえていた。言われていることの意味が理解できていないようであった。私は二人に注目して観察してみると、すぐに状況がわかった。

「桜が付いていますね」と受付嬢が言ったのだが、高齢の女性は何を意味するかわからずに戸惑っていたのだった。

事務の女性が椅子から立ち上がって患者の頭に触った。そして髪の毛に付いていた一片の桜の花びらを丁寧につまんで見せて、「桜の下を歩いてきたのですね」と言った。

地下鉄を降りて公園の桜の下を歩いてきたので、髪の毛に桜吹雪が舞ったのだった。彼女の髪に桜の花びらが一片、付いていたのだ。

高齢の女性は安堵して、満面の笑みを浮かべた。辺りに一瞬の幸福感が漂った。

私も嬉しくなった。

失踪する社会

東京行きの新幹線では左側の席に座ることにしている。窓から富士山が見えるからだ。

新幹線ができたのは一九六四年で、私が信州を出て名古屋へきた年である。初めて乗った新幹線からの景色はそれまでの鉄道の車窓の景色を一変させた。遠い山並みがゆっくり移動して近くの景色は猛スピードで後方へ去っていった。

私が飯田線で伊那北高校へ通っていた頃は動き始めた電車にホームから飛び乗ることができた。遅れそうになって走っていくと電車は待っていてくれた。

電車から見えるリンゴ畑には赤信号のような真っ赤なリンゴがなっていた。天竜川の流れは穏やかでのぞき込めば魚が泳いでいた。私は自然の中にいつも食べる物を探していた。

なっている物を見ると、もいで食べたくなったり、動いている物を見ると捕まえたくなるのは、いつも腹が減っていた幼少期を過ごしたためであった。天竜川の岸辺にはタンポポが咲いて中央アルプスの山頂には雪があった。秋になると河原にはススキがそよいだ。

私が生まれ育ったのは町外れの農村であった。ほこりっぽいところで子供たちが群れていた。

母は「お蚕様」を飼って農協に卸して現金を持って伊那町の洋服屋へいって子供たちに白いパンツや丸首シャツを買ってくれていた。子供たちにとって伊那町は都会であった。病院があり、おもちゃ屋もあり、洋服屋もあった。

それに町には高校があり、本屋があり、酒屋があり映画館があった。町は文化の香りがする場所であった。

優秀な長男であれば進学校の高校へいくようになったのはその頃からであった。それまでは農家の長男は農業高校へ進み農家の跡を継ぐのが掟であった。明治以来続いてきた「家の存続」は、たとえそれがいくばくもない貧農の家系であろうと「長男が

跡を継ぐ」ことは金科玉条であった。農家の長男たちは誰しも農業を「アトトリ」として継ぐ運命にあった。本屋は本屋の、酒屋は酒屋の「アトトリ」になった。

しかし時代は変わり始めていた。高校の同級生で優秀な者は都会の大学へ出ていくようになった。「いつかは帰る」という固い約束をして田舎を出たのであった。

そして社会に踏み出してみると「いつかは帰る」ことは困難になった。私たちは田舎へ帰還することはなかった。

母は「いつかは帰る」息子を待ちながら死んでしまった。

新幹線ができた頃から日本の社会が変わり始めていた。その変化の速さは鈍行が新幹線に変わったほどであった。

田舎に人が住まなくなり、家父長制度が崩壊を始めたのもその頃からだった。

時代は猛スピードで後方へ去っていった。

飯田線は今でも同じように走っているのだろうか。

春の駅には今でも桜が咲くのだろうか。

死の予感

二〇二〇年四月十四日
私は車を運転しながら音楽を聴くのが好きである。

車の速度と音楽のリズムがほどよく調和した車を運転して、街の景色を後方に追いやり、前方の青空に向かって前進すると、心地よい過去が蘇り、明るい未来に進んで行くような気分になる。

この世は捨てがたく、生きているのがまんざら悪くはないと思うのである。

私がカーステレオに録音してあるのはスーパーの特売で買ったCDや高速道路のパーキングエリアの売店で買ったものである。

一九六〇年代から七〇年代にかけて流行った青春ソングが多い。

その日はマヒナスターズが歌う「北上夜曲」と、さだまさしの「精霊流し」を車で聴いた。どちらも死と愛の歌である。

あの頃の青春ソングは悲しい。

愛と死は近くにあったと、しみじみ実感して車を降りていつものスーパーへ買い物に行った。

イチゴが並べてあった。

濡れているようなイチゴを見て、妻を思い出した。「妻が生きていたときに一緒に食べたなー」と感傷に浸りそうになって、気がついた。

そういえば妻はまだ生きている。

妻は小児科医である。数日前にコロナに感染している可能性がある患者を診たといって帰宅した。妻が感染していた可能性があったのだ。

私への感染を恐れ私たちは別室で暮らし、マスク越しに会話をして、食事も別々に取るようにしていた。

一九五三年：某日
私は信州の田舎の小学生であった。

稲穂がつぼみになり始めた頃で、田んぼに田ノ草を取る人がいた。

ひまわりの花が退屈を誘っていた昼さがりであった。

天竜川の土手に向かって走っていく人が見えた。田ノ草を取っていたおばさんも裸足で土手に向かって走った。どこからか現れた男たちも土手を走っていた。田舎に衝撃が走った。半鐘がなった。

私も土手に向かって走った。

現場に着くと母親が子供の足を泣きながら撫でていた。

天竜川で遊んでいた小学生が流されて溺死したのだった。

真夜中にノックもせずに玄関のドアを開けて「死んじゃったよ!!」と絶叫する女性がいた。隣家のお嫁さんが出産時に死んだのだ。それを知らせるために妹が泣き叫んで知らせにきたのだった。

秋祭りの屋台の縄張りのいざこざで、若い男が中年の男に刺されて死ぬのを目の前で見た。

何百万人もの人の死を置き去りにして終わった戦争は、終わった後もしばらくは死の余韻を社会に残していた。

老人は家で寝付き家族に見守られて死んでいった。

死は隣にあって昨日までいた人が突然いなくなった。

死はいつでも不意に訪れた。

そして死は日常の中にあった。

多くの人は老人になる前に死んだ。

二〇二〇年四月二十九日
私の勤めているクリニックへ発熱した患者が受診してきた。二十二歳の男性であった。

「今朝から発熱している。一緒に働いている同僚が発熱で休んでいる」ということであった。

発熱の患者が来るとクリニックに緊張感が走る。

新型コロナへの感染防御のために別室へ誘導して待たせておいた。

私は全身を防護具で固めてマスクをし、ゴーグルを掛け、手袋をはめて、患者を待たせてある診察室へ出かけた。

防護具を身につける手伝いをしてくれた看護師が、私の腰の周りに紐を巻きつけながら、「先生の感染が一番心配なのよね！」と言った。

悲しみのリーフレット

六十九歳の吉田さんが私の外来を受診したのは昨年の春であった。

どこか身構えたところがあって、私と同じ世界に生きている人たちに共通する雰囲気があった。

付き合う世間が狭くて、専門としている世界でしか生きられないくせにプライドを持っている。自分をさらけ出すということがない。

大学教授という職業についている人たちである。

吉田さんは芸大の教授であった。

三十代と思われる美しい娘が二人で付き添っていた。

どこかの病院に通院していたらしかったが、紹介状は持参していなかった。お薬手帳には降圧剤の処方があった。

「お酒は飲みますか？」と聞くと、不安そうな顔をして娘たちの顔色をうかがいながら「少し飲みます」と答えた。

娘二人の表情は「違う、違う!!」と言っていた。

そこで私は理解した。娘たちに強引に連れられてきたのだ。その目的は禁酒であった。

娘たちの話によると、彼の妻は一年前に膵臓がんで亡くなっていた。

妻が入院中、彼は毎日ベッドの傍らで過ごしていたという。

二人の娘は結婚して家を出ていたので、妻を失うと彼は一人住まいになった。

愛する人を失った後もケアの対象になり、「グリーフケア」として遺族も介護してくれるイギリスのような国もある。

しかし、日本にそのような制度はない。

血液検査ではアルコール依存症を疑う肝機能障害が認められた。

酒を飲むことにより苦しみから逃れようとしていたようだった。

医者など信用できぬという拒絶感が漂っていた。

悲しみを研究している人たちによると、愛する人を失った人の悲しみは共通の経過を辿り、一年か二年で必ず回復に向かう症候群であるという（ニコラス・オールバリー編著、中村三千恵訳『悲しみに関するリーフレット』）。

しかし、彼の悲哀からの回復の過程は飲酒によって著しく阻害されていた。

それから六週間おきに通院してきた。

年末になると、私の前で素直な苦悶の表情を見せるようになった。

同業のよしみから社会に対する恨みを吐き出すこともあった。

私は時間をかけて彼の心の扉を開いていこうと思った。

愛しい妻が彼の中に生き返る予兆が芽生え始めていた。

しかし、血液検査は相変わらず飲酒量が減っていないことを示していた。

年が明けて一月になると、日本の医療現場は予期せぬ出来事に見舞われた。

コロナ騒ぎである。

多くの患者が病院へ来るのを避けるようになった。

彼も薬だけを取りに来て、私の前に現れることはなかった。

「禁酒の約束が守られていないことを私に告げる」苦痛から逃れているのだと私は思っていた。

三月には芸大の定年を迎えたはずであった。

朝から一人で酒を飲んでいるのだろうと思うと、私はいたたまれなかった。

悲しみを乗り越えることができずに、酒に溺れ自ら死んでしまうようなことになれば、芽生え始めた心の妻を再び死なせてしまうことになる。

夏になっても私の前に現れることはなかった。

今年の夏はことさらに暑かった。

九月になって娘の一人から電話があった。

「父が死にました」

台所のシンクにもたれるようにして息絶えていたということだった。

故郷喪失

私は名古屋市の郊外から長久手市に通勤している。瀬戸街道と呼ばれる道路を十五分ぐらい走ると、国道十九号線をまたぐ。十九号線は飯田街道とも呼ばれており、右折して五時間も走れば飯田を経由して伊那につく。距離は短いが故郷は遠くになってしまった。

今年のお盆は昨今のコロナ騒ぎによって帰省を自粛する人が多いという。

私の故郷は伊那であるが、私の子供たちの故郷は名古屋だ。

長男は東京に暮らしているので孫たちの故郷は東京である。

帰郷するとなると、私は信州に息子は名古屋に孫は東京に帰ることになる。

我が家の故郷が拡散した原因は私にある。

私が生まれ故郷に踏みとどまっていれば、子供の故郷は信州であったはずだ。

ふるさと
伊那
ふるさと
名古屋
ふるさと
東京

長男も私にならい信州に居着いていれば孫たちの帰省も信州であったに違いない。

私は田舎の長男である。

いずれ必ず故郷へ帰ると母親に思い込ませて田舎を出てきた。

しかし、人生の航路の射程が短くなるにつれて私の心に占める帰郷の問題は難題になっていった。

田舎の長男が家を継承しなくなった原因には、経済的基盤の変質が大きく関わっている。

私は物心つく頃から「この家の財産は全部お前の物だ」と言われ続けて育てられた。

その頃は「財産」にそれだけの価値があった。相応の山林を保持していれば大学までの学資になったし、娘の花嫁資金にもなった。

いざとなれば田畑を売ればいいという安心感を「財産」が保証していた。

それは長男の特権であったが、その代償として家の継承という重荷を背負っていたのだ。

しかし日本は地方を切り捨ててきたという歴史を辿ってしまう。その結果、今では山林には一文の値打ちもなく荒れ放題になった。

田んぼや畑に至っては売りたくても買い手がなく、休耕田にするための費用がかさむということになった。

そして「長男のくせに家を捨てた」という「長男の憂鬱」だけが残される結果になったのである。

V

〈老い〉へのまなざし

人は終末期を迎えたときに何を考え、どう行動しようとするか？

八年前の五月の連休後の月曜日、私はゼミの学生たちを連れて近くの食堂でざる蕎麦を食べようとした。しかし蕎麦を飲み込むことができずにすべて吐き出してしまった。

その日のうちに大学病院へ入院して検査を受けた。

二日間でさまざまな検査がおこなわれて水曜日には末期の食道がんであることがわかった。

五年生存率は一〇パーセント程度であった。私が生き残る可能性は少なかった。

以下は私の死が近いことを医者に知らされた直後の病室での瞑想の記録である。

検査を終えてその結果について主治医に説明を受けた後で、一人になった時に真っ先に浮かんだのは葬式であった。

葬式の準備をしなければならないと思ったのだ。

妻は仕事があるし子供たちはそれぞれに予定がある。

ことに次男は一カ月後にはカナダへ留学することになっていた。

それぞれに予定を抱えた五月であった。

そこへ降ってわいたように私の末期がんである。

私はいずれ死戦期を迎え家族に依存せざるを得ない。私のために彼らの行動が制約を受ける日は間違いなくやってくる。

私のできることは彼らの消耗を少なくしてやることだと思った。

終末期をなるべく短くして早く葬式を終えて彼らの日常を取り戻してやらなければならない。

行程をこなすだけの人生を生きてきた者の自然な思考過程であった。

あくまでも前進思考であった。手抜きが好きな性格でもある。

とにかく早く終わりにしなければならない、そうとばかりに思いをはせた。

勘違いしたのは自分の葬式に自分がいるかの如くの錯覚であった。

自分の葬式のイメージは具体的であった。

葬式の妄想にしばらく浸った。式服にするかモーニングか、「通常の式とは違い人生最後だからモーニングにしようか」などと思う。

誰が祝辞を述べるのだろう。

自虐的な快楽の瞬間が冬の浜辺のそよ風のように訪れた。

葬式に並ぶ家族は妻、長男、次男、それぞれの妻、そして孫たち。

そのことに思いが至った時に私に深い孤独感が襲ってきた。

そこには私がいない。

私がいない世界を生きる家族のことを思うと、この世界から消えることの意味を知った。

今まで何のために生きてきたか？　と問われると私はいつも何かの準備をするために生きてきたような気がする。

しかし家族の悲しみの払拭をするための準備ができない。

そのことに気がついて初めて深い悲しみが私を襲ってきた。

あれから八年経ったが私は生き延びている。幸運が重なって私の体から食道がんは消えた。

今ではあのときの悲しみを思い出すことは少なくなった。

私の未来

現在勤めている大学のクリニックで外来診療を始めて十三年になる。最初の頃は学内の人が風邪で来院するのみで、学外からの患者はほとんどなかった。あまりの患者の少なさに私は大学に申し訳ないと思っていた。

半年ほど経つと紹介患者が来るようになった。近くで開業していたS先生が廃院することになって、そこの患者が紹介状を持って外来に来るようになったのだった。ある日、看護師が私の外来に来て言った。「大変、大変！　S先生が来た!!」

S先生本人が患者として私の外来を受診したのだ。その後、先生は糖尿病患者として私の外来に通院するようになった。先生は八十四歳になったのを機に開業をやめたのであった。私の卒業した大学の先輩でもあった。

先生はやめた後も毎日医学の勉強は続けていた。ゴルフが趣味でハンデキャップは十四であった。先生の姿は私の未来を投影しているように思えた。

それから五年が経った。

ゴルフは毎週続けていたが、アプローチでボールが見えにくくなってきた。視力の衰えは抗いようがなくなり、自動車免許証を返納した。医学部の同窓会は毎年開催しているが、出席者が次第に減って百人のうち残っているのは十三人だけであるといっていた。

それからさらに五年が過ぎて先生とのお付き合いが十年を超えた。

私の外来は相変わらず患者数は少ない。先生は九十四歳になった。最近難聴も出てきた。私の問いかけに反応しないこともあるようになった。軽度の認知障害はあるだろうとは思っていたが、わざわざ診断をして病名をつけることは避けていた。ある日、妻が付いて来て「最近物忘れが多くなった」といった。

傍らで聞いていた先生は不安げに妻の横顔を眺めた。そして怯えたように私を見た。

母ちゃんと息子

一九九〇年代の終わりの頃、日本は来るべき超高齢社会の影に怯えていた。必ずやってくる超高齢社会行きの超特急に乗る前に社会的な整備が必要であった。高齢者差別とか高齢者虐待などという高齢者がないがしろにされるようなことがない社会の構築に迫られていた。

まずは長男の嫁の介護からの解放が喫緊の課題であった。長男の嫁を家から解放して社会全体で高齢者の介護を担うという理想を掲げて介護保険制度が始まったのは二〇〇一年のことであった。

予測通り日本はしわしわの国になった。長男の嫁の家からの解放もそれなりの道筋はみえてきた。想定外だったのは結婚をしない長男が増えてきたことだ。

最近、クリニックの外来へ息子の付き添いがついてくることが多くなってきた。

八十六歳のYさんは一人で暮らしてきたが、糖尿病が悪化して認知症がひどくなったので独身の五十二歳の息子に頼らざるを得なくなった。息子が付き添って外来へ来たが、息子にとって病院へ来るのは初めての経験であったのだろう。終始無言で不機嫌であった。外来での場違いな感じが終始つきまとい不愉快な顔で母親を睨みつけていた。

八十四歳のKさんに付き添ってきた五十四歳の息子も独身であった。糖尿病で目が見えなくなってしまうことが心配だと必死に医者に訴えかける母親を怒鳴りつけた。「そんなことを言ってもしょうがねーだろ！　先生は忙しいんだよ!!」Kさんは息子に叱られてばかりいるといって泣き出しそうになった。人生で悲しいときにはいつも「カーチャン」に泣きついていた息子が母ちゃんを怒鳴ってばかりいるようになってしまったようだ。

八十歳を過ぎて息子に介護される母親は気の毒だが、医者の前で母ちゃんを怒鳴らなきゃならない五十歳代の息子もかわいそうである。

最近、こういうやりきれない場面が多くなってきた。

老化と病気

テレビ局の技術職員であった八十一歳の中村さんは軽い糖尿病と高尿酸血症の患者である。六十歳で定年になったが、そこからテニスを始めた。私の外来に通院するようになって十三年が経つ。七十歳のときに前立腺がんを発症して手術を受けた。いまでも毎週一回はゴルフとテニスを続けている。

林さんも糖尿病患者である。港湾会社の重役を六十八歳で定年になってから私の外来に通院するようになった。その頃からテニスを始め、今は八十一歳である。七十歳のときに前立腺がんの手術をしており、七十五歳で胃がんの手術を受けた。今もテニスを続けている。二人とも病気を克服して八十歳を超えた。

私は六十三歳のときに国立大学を定年になり、今の診療所で彼らに出会った。私も六十八歳のときに前立腺がんになり、六十九歳で食道がんになった。どちらも放射線と化学療法で緩解となりすでに七年目を迎えた。

三人はともに、がんに罹患しながら年老いてきた。

現在ではわれわれのように死ぬ運命であった者でも生き残ることができるようになった。文明の発達のおかげである。

「老化は病気か？」という議論があった。

ヒトが老化を迎える前に死んでいた時代には老化とは病気にほかならなかった。老化は病気によってもたらされると考えていた。

しかし近代になって病気でない老人が大量に出現するようになってくると、病気をもたなくても老化が進んでいくことを知ることになった。

そのことによって生理的老化の概念が生まれたのである。私は最近視力が落ちて昼間に訳もなく眠くなる。

私が診ている二人の患者もテニスをすると息切れがすると言っている。三人は病気とは別に老化が進んでいることを実感している。われわれは死ななかったので生理的な老化を経験する羽目になったのである。

老化とは治すことができる病気か？

私の祖父は一九五〇年代に六十三歳で死んだ。

老化の進んだおじいさんであった。

平均寿命は六十歳程度であったが、その当時の多くの老人には病気があり、病気のない老人は少なかった。

老人とは病気を持つ死期の近い人であった。

老化とは病気にほかならなかった。

一九七〇年代になり、平均寿命が七十歳を過ぎ八十歳を超える人が珍しくなくなると、病気のない老人が出現してきた。

病気のない老人でも老化は進行しているように見えた。

してみると、病気とは無関係に老化は進むのか？

そこで生まれたのが正常老化と異常老化の概念である。

正常老化とは病気のない状態のことを指し、異常老化とは病気のある状態のことを言う。

人工的な分類であったが、この学問的モデルの出現によって現代の科学は老年者の疾病という狭い範囲の研究から脱却したのである。

明らかな病気の存在しない状態での老化のプロセスを認識して特徴付け、操作するという段階へ進むことができた。

一九九〇年代に入り、日本が本格的な高齢社会へ突入する時期になった頃、R・ホリデイは老化と病気の関係を以下のように説明した。

「老化は病気ではないが、初期の病気の集合体であってさまざまな組織や器官の機能に多かれ少なかれ影響を与えるものである。すなわち老化の人体に対する影響は病気の初期の状況を引き起こすものである」。病気の背後に老化があるとする説である。

そして最近になって「老化は治せる病気である」と主張する人たちがでてきた。

「がんもアルツハイマー病も一般の加齢と関連付けられる他のいろいろな病気の状態

も、それら自体が病気なのではなく、もっと大きい何ものかの個々の症状に過ぎない。その背後にある老化そのものが一個の疾患なのだ。そして老化は治せる病気である」との主張である。

その代表者がデビッド・A・シンクレアである。二〇二〇年、彼は『LIFESPAN（ライフスパン）―老いなき世界』（東洋経済新報社）を出版した。

その帯には「ついに、最先端科学とテクノロジーが老化のメカニズムを解明。ハーバード大学の世界的権威が描く衝撃の未来。人類は老いなき身体を手に入れる」――とある。

現代科学は驚くべき進展を遂げている。ことに分子生物学の分野、なかんずく遺伝子学問の進歩はかつて想像することすらできなかった事実を私たちの眼前に展開している。

シンクレアは「生物の老化について明らかになった重大な結論は、老化は避けて通れないものなのではなく幅広い病理学的帰結を伴う疾患のプロセスである」という。

そして「そもそも寿命の上限とはなんだろう。そんなものがあるとは思わない。老化は治すことができる病気である」と述べている。

近代科学はその時代に治すことは不可能であると思われてきた疾患をことごとく克服してきた。感染症の治療、がんの治療しかりである。

そして現代は老化の克服であるというのである。

老化を治すことができる時代が目と鼻の先に近づきつつあるようだ。

思いもしなかった事態が出現する可能性がある。

「人間とは何か」を定義し直すときが来ているのかもしれない。

七十五歳以上の延命拒否の宣言

七十五歳以上の延命措置を拒否すると宣言したエッセイが反響を呼んでいる。オバマ政権の医療保険制度改革を主導した医療倫理学者のエゼキエル・エマニュエル氏が五年前に発表したエッセイである。

「高齢の米国人がよぼよぼの状態で長く生きすぎている」として、彼自身は七十五歳を過ぎたら延命処置は拒否するのだと主張している。

大きな医療介入だけでなく、抗生物質や予防接種さえも拒否するのだという。その理由は七十五歳をすぎると認知機能の衰退から活力を失い生産性を維持できなくなるからだという。

世界中に新型コロナウイルスが蔓延している現況において極めて今日的な課題である。

彼によれば大多数の老人のほとんどすべての行為は「遊び」に分類されるものであるのだという。

そんな老人にお金を使うのはもったいない。若者に回せというのだ。

そして自分たちがいずれ死んでしまっても、世界は問題なく存在し続けるから、安心して死ねるのだそうだ。

七十六歳である私にとって人ごとではない。

彼と同じように宣言せよと言われると「ちょっと待ってくれ」と言いたくなる。若い人にだって遊んでばかりいる人もいるだろう。確かに私の知的能力は高くはないが、七十五歳を過ぎて急にこうなった訳ではない。まだ進歩する能力は残っていると信じたい。

しかし彼は「本当に賢い人々を見ても、七十五歳を過ぎてから新分野を実際に発展させたりできる人はいない。むしろ、長い間取り組んできた馴染みのある分野を再び掘り返そうとする傾向がある」という。

歴史的に、それぞれの文明は規範となる老人像を持っており、老人はその尺度に合

75歳になったら……

わせて評価されてきた。

この宣言が現代の文明の老人の規範の一部となることを私は恐れる。七十五歳を過ぎた高齢者が延命を希望することは卑怯な行為になってしまいかねないからである。

現在エマニュエルさんは六十二歳だそうだ。

彼が七十五歳を迎えたときに同じことを言うか確かめてみたい。

そのために私は生きていなければならないと思っている。

大衆迎合に生きる

どの時代にもその時代に対応する老人のイメージがあった。
しかし現在の日本には「これが今の老人だ」という典型的な老人のイメージがない。
老人像は拡散されており「老人」はヒトムカシ前の残像でしかない。
人が百歳まで生きる時代が目の前にある。
私には自分の百歳のイメージは想像できないし、それまでどうやって生きていって
いいのやら……難儀なことである。
私がＮＨＫの番組審査会の委員になってから三年過ぎた。
引き受けた時は三年前で、食道がん罹患後四年目でまだ死の射程距離から逃れてい
なかった。
審査委員の任期は四年であった。四年の任期を務める前に死んでしまう可能性が

あった。

しかし予定がなくなれば、たとえ生きているにしても死んだも同然になってしまう。

「アトは野となれ山となれ」と思って引き受けた。

それから三年経っても死ななかったところをみると、今から百歳までの老化の過程を人並みに辿れる可能性が出てきた。

先月の審査会でＮＨＫスペシャルの枠で放映された「ＡＩで蘇る美空ひばり」を取り上げた。

美空ひばりが現代に生きているとして彼女に新作を歌わせるというものだった。

ＮＨＫのもつ技術を総動員した斬新な試みだった。

新しい分野の開拓こそがＮＨＫへの期待である。

世界では先行事例がいくつかあって各地で死んだ人を蘇らせているそうだ。

番組では美空ひばりに関わった人たちも加わって彼女を取り巻く歴史が物語のように展開していった。

ｅラーニングによってＡＩに彼女の癖を獲得させる必要があった。

彼女の生前の音声をＡＩに学ばせたのだ。

五千を超える天文学的な音が必要で、ＣＧプログラマーの専門家たちでも個人では
お手上げだそうで数百人でつくりあげた労作である。

私は終始批判的に見ていた。

録画の美空ひばりを見るのと大差はないであろうと思っていた。

しかし最後のクライマックスで、新曲をＡＩが歌うと、それまでは涙が出るとはツユとも思っていなかったが不覚にも涙が出た。

死んだはずのひばりが感動的な曲を、心を込めて歌っているのに出会ったのだ。

それはまさに予期せぬ感動であった。

いるはずのない「美空ひばり」が新しい歌を歌っていた。

こういう分野の発展はめざましい。

同じような番組が、あっという間に他局に広がるだろう。

そしてＡＩが、死者に創作をさせるのは簡単な作業になる日は近い。

私が百歳になった時のエッセイを書くＡＩも可能になるだろう。

AIがつくる あなたの100歳
声
体重
思出
経歴
生存率

私の趣味、人間関係を根掘り葉掘り、堀下げて、私の今までのエッセイの中の風景描写の癖、過去の女性関係をeラーニングさせれば私のエッセイの新作が書けるだろう。


文学の分類に大衆文学と純文学という分類がある。

大衆文学とは読み手を意識した文学で純文学は限りなく自分に忠実な小説である。

大衆文学は大衆に媚びる小説で純文学は一切媚びない小説である。

私は小説家ではないが、この分類はわかりやすい。

人の生き方の分類にも適用できる。

私の人生は大衆文学的であった。

だからAIはおそらく大衆の喜ぶ下品でいかがわしいエッセイを書くだろう。

そこまで考えが及んで、「AIによる私の新作の試み」はお断りしようと思うに至った。

これから百歳まで「私は人に媚びずに純文学的な生き方をしようと思っている」というのは真っ赤な嘘で、これからも大衆に媚びを売って生きて行くだろう。

老化も病気か——あとがきにかえて——

私は七十七歳である。

六十三歳まで国立大学で働いていたが、毎晩ビールを飲む以外は病気とは無縁の人生を過ごしてきた。

私立大学へ移ってから毎年の健康診断でPSA値が少しずつ上昇していったので、同僚の泌尿器科医に相談すると精密検査を受けろと指示された。精密検査を受けると前立腺がんであった。六十八歳の十二月であった。周辺リンパへの転移も認められた。千葉の施設で重粒子線の治療を翌年の七月に受ける予約をした。

ところがその二カ月前の五月に食道がんが判明した。リンパ節転移もあった。

前立腺がんで死ぬ前に食道がんで死んでしまうということで、重粒子線治療はキャンセルになった。

食道がんは手術不可能で放射線と化学療法しか手段はなかったが、幸いなことに消えた。

前立腺がんに戻って七十歳の時に重粒子線の治療を受けた。幸いにして前立腺がんも消えた。

食道がん初発後八年目に再発があって、内視鏡手術を受けて完治した。

その年に早期胃がんが発見されてそれも内視鏡により切除した。

食道がんの化学療法中に大腿骨頸部骨折になり保存療法で治った。

ことごとく上手くいったが、特別な治療をやったことはない。通常のガイドラインに沿って辛い化学療法を耐えてきたに過ぎない。

現在の私に病気はない。

今後もがんは各所に出るだろうがそのたびに叩いていけば、がんで死ぬことはないだろう。

しかし八年間で私の老化は確実に進行した。

老衰の危機は迫っている。ちなみに現在の日本の死因で老衰は三位である。近いうちに私には確実に死が訪れる。

最近になって朗報が入った。

老化も一種の病気であり、治せる可能性が出てきたというのである。

詳細を述べる余裕はないが、興味ある読者は気鋭の科学者：デビッド・A・シンクレア『LIFESPAN（ライフスパン）——老いなき世界』（東洋経済新報社）を参照されるといい。

老化さえ克服すれば私は死なずに済みそうだ。

時が過ぎていくことに気を病まなくていい人生がくるといいのだが。

本書は二〇一九年から二〇二一年の間に毎日新聞、Geriatric Medicine、長寿科学振興財団・健康長寿ネット、名大医学部学友時報に連載されたものの中から選んで載せた。

［著者略歴］
井口昭久（いぐち・あきひさ）
1970年、名古屋大学医学部卒業後、名古屋大学医学部第三内科入局。78年、ニューヨーク医科大学留学。93年、名古屋大学医学部老年科教授。名古屋大学医学部附属病院長をへて、現在、愛知淑徳大学健康医療科学部教授・名古屋大学名誉教授・第32回日本老年学会会長
おもな著書に『ちょっとしみじみ悩みつきない医者人生』『鈍行列車に乗って』『やがて可笑しき老年期』『〈老い〉のかたわらで』『旅の途中で』『誰も老人を経験していない』（以上、風媒社）、『これからの老年学――サイエンスから介護まで』（編著、名古屋大学出版会）などがある。

カバー・本文イラスト／茶畑和也
装幀／三矢千穂

〈老い〉という贈り物――ドクター井口の生活と意見

2021年7月30日　第1刷発行　（定価はカバーに表示してあります）

著　者　　井口 昭久
発行者　　山口 章

発行所　名古屋市中区大須1丁目16番29号
電話 052-218-7808　FAX052-218-7709
http://www.fubaisha.com/
風媒社

乱丁・落丁本はお取り替えいたします。　＊印刷・製本／シナノパブリッシングプレス
ISBN978-4-8331-3183-4